《读者》中的鲁迅

读者杂志社 编

甘肃人民出版社
甘肃·兰州

图书在版编目（CIP）数据

《读者》中的鲁迅 / 读者杂志社编. -- 兰州：甘肃人民出版社，2024.8
ISBN 978-7-226-06029-2

Ⅰ.①读… Ⅱ.①读… Ⅲ.①散文集-中国-当代 Ⅳ.①I267

中国国家版本馆CIP数据核字(2024)第000530号

项目统筹：原彦平

策划编辑：王　祎

责任编辑：程　卓

封面设计：马吉庆

《读者》中的鲁迅

《DUZHE》ZHONG DE LUXUN

读者杂志社　编

甘肃人民出版社出版发行

(730030　兰州市读者大道568号)

兰州万易印务有限责任公司印刷

开本880毫米×1230毫米　1/32　印张6.375　插页3　字数130千
2024年8月第1版　　2024年8月第1次印刷
印数：1~3000

ISBN 978-7-226-06029-2　　定价：68.00元

目录
CONTENTS

鲁迅和谜 / 佚　名 ……………………… 1

不拘一格话信尾 / 佚　名 ……………… 5

鲁迅兄弟 / 李晓成 ……………………… 7

文人笔下的鲁迅 / 郑振铎　林语堂　郁达夫 … 26

鲁迅的一次"高招" / 郭心立 ………… 29

失恋诗和催眠曲 / 谭桂林 ……………… 30

回归人世的鲁迅 / 王家平 ……………… 35

鲁迅的书账 / 余　斌 …………………… 48

60年的杂感 / 王得后 …………………… 50

鲁迅与绍兴霉干菜 / 木　子 …………… 55

让我一个人失眠 / 何　飞 ……………… 57

怀鲁迅 / 郁达夫 ………………………… 58

鲁迅的性格 / 曹聚仁 ·················· 60

另类的鲁迅 / 吴志翔 ·················· 69

鲁迅：吃了也不嘴软 / 阿　健 ·················· 77

朱安：鲁迅身后被遗忘的女人 / 水　影 ·················· 80

鲁迅骗人 / 摩　罗 ·················· 87

记忆中的父亲 / 周海婴 ·················· 89

鲁迅的另类宠物 / 薛林荣 ·················· 95

神未必这样想 / 落　婵 ·················· 101

战士的葬仪 / 陈白尘 ·················· 105

无饰的，才是真实的 / 成　健 ·················· 112

分享隐秘和艰难 / 赵　瑜 ·················· 116

大团圆 / 钱理群 ·················· 120

你的小白象 / 丁桂兴 ·················· 122

细节中的鲁迅 / 唐宝民 ·················· 123

借钱 / 李　舒 ·················· 127

从红玫瑰到饭黏子 / 李筱懿 ·················· 129

鲁迅小厨 / 秦　源 ·················· 138

鲁迅的样子 / 张宗子 ·················· 142

当名家遭遇"自己" / 杨建民 ·················· 149

真朋友 / 朱亦红 ················· 153

藤野先生 / 痴妄集 ················ 155

俯首甘为孺子牛 / 刘诚龙 ············ 164

斜杠先生鲁迅 / 大作 BIGBIGWORK ········ 169

鲁迅的牙齿 / 李丹崖 ·············· 174

伟大的细小之处 / 余 华 ············· 178

鲁迅日记中的天气 / 孟祥海 ··········· 180

天真烂漫是吾师 / 刘小川 ············ 183

鲁迅的一次宴请 / 崔鹤同 ············ 187

鲁迅的动物世界 / 李木生 ············ 191

鲁迅和谜

佚 名

鲁迅先生自幼就喜爱猜谜。小时候,每到夏夜,总喜欢躺在家门口一株大桂树下的小饭桌上,由祖母摇着芭蕉扇,教他猜谜语。

后来,鲁迅避难到绍兴乡下安桥头外婆家,结识了一班少年朋友,常和他们在一起游戏、猜谜。事隔30多年,他还记忆犹新地在小说《长明灯》里,把儿时的猜谜乐事生动有趣地描绘了一番。

吃过了晚饭,还有几个跑到庙里去做游戏、猜谜。

"你猜。一个最大的说,"我再说一遍——

白篷船、红划楫,

摇到对岸歇一歇,

点心吃一些,

戏文唱一出。"

"那是什么呢?'红划楫'的,"一个女孩说。

"我说出来罢,那是……"

"慢一慢!"生癞头疮的说,"我猜着了:航船。"

……

"哼,你猜不着。我说出来罢,那是鹅。"

时隔那么多年,鲁迅回忆起来还是如此的津津有味。

此外,鲁迅还常幽默地用"谜语"来写信、题书名和笔名。

他在1933年6月20日夜致散文家林语堂一信中这样写着:"不准人开一开口,则《论语》虽专谈虫二,恐亦难,段盖虫二亦有谈得讨厌与否之别也。"这儿的"虫二"是一则有趣的谜语。相传,清代乾隆皇帝下江南,到杭州饱览了西湖美景之后,信笔题上"虫二"两个大字,暗隐"風(风)月无边。"也有人说这典故出自清人褚人获的《坚瓠集》上,说是唐伯虎所题。鲁迅借这谜"虫二——风月无边",来讽刺林语堂编的《论语》杂志里只有谈风月的无聊小品文。

鲁迅的名著《且介亭杂文》,其中的"且介亭"三字也是条有趣的谜,是他别出心裁地用"半租界亭"来扣的。因为那

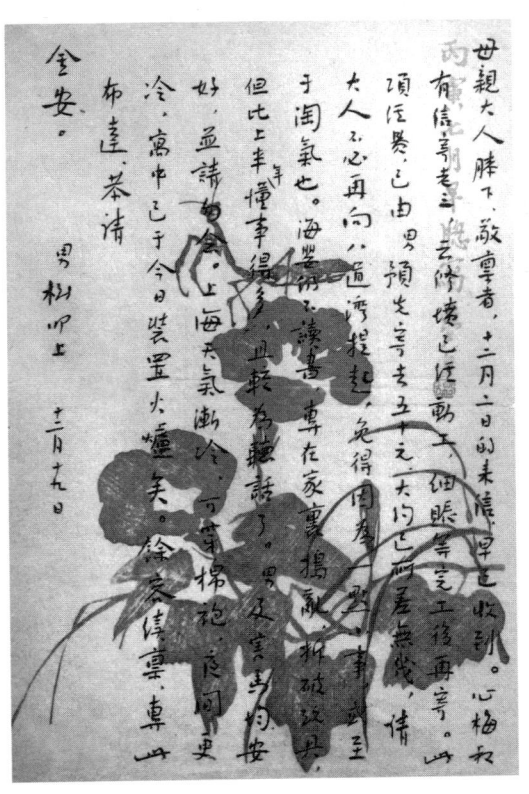

鲁迅致母亲，1933年12月19日，上海

时，他正住在上海闸北那虽然不是租界，但洋人跋扈极像租界的亭子间里，就把在这"半租界亭"里写成的文章，汇编成集子，并取了这谜语式的书名——《且介亭杂文》。

他用过的一百几十个笔名里，用"谜语"起的也不少。

如："华圈"是隐"当时中国（华）是个大监狱（圈）"之意，"莫朕"是隐"黑暗之兆"（"莫"通"暮"，"朕"即"朕兆"），用此来揭露当时社会的黑暗等。

（摘自《读者文摘》1983年第10期）

不拘一格话信尾

佚 名

迄今为止,被发现的鲁迅书信有1000多封。根据书信的不同对象、内容以及时间等,鲁迅在信尾所用的祝颂语是丰富多彩的。

鲁迅的初期书信多用文言,所以结尾常用"此颂曼福""即颂时绥。"后来用白话写信,如果收信人从事著译,鲁迅便用"即颂著祺"或"即请撰安"等;收信人是教师,用"并请教安";收信人是学生,用"即颂学安";收信人是夫妇,用"即请俪安";收信人离家在外,用"即请旅安";写给母亲,用"恭请金安";新年写信,用"即颂年禧";春、夏写信,用"并颂春祺""顺请暑安"。此外还有"日安""时安""刻安"等。

鲁迅在特殊情况下的祝颂语,表现出幽默情趣。1925年7

鲁迅致母亲，1934年9月16日，上海

月16日致许广平的信，鲁迅就北京女师大学生反对校长杨荫榆封建家长式统治与许广平讨论，语言诙谐幽默，便用"顺颂嚷祉"作结，即祝你在吵嚷中得到幸福，表现了战斗中的乐观精神。1935年7月30日致叶紫，针对来信中"我已经饿了，"请"借我十元或十五元钱，以便救急"，鲁迅给了他钱，信尾用"即颂饿安"，表现了他助人为乐、与朋友共甘苦的精神。

(摘自《读者文摘》1985年第8期)

鲁迅兄弟

李晚成

从怡怡深情,终至分道扬镳,酿成人生一大悲剧——

一

鲁迅家原有兄弟四人,小的早夭,剩下了哥儿仨。自己居长,老二作人,老三建人。也许是那个浸满书香的封建士大夫家庭不甘没落的信念所致,从小先辈们就对鲁迅兄弟寄予了厚望,其中尤以鲁迅和周作人为甚。

鲁迅和周作人相距4岁,是兄弟间挨得最近的,再加上周作人既聪明又随和,所以他们两个在一起的时候最多,情分自然比旁人也厚，有点什么趣事，常常合着伙地干，很少相瞒。秋天里，桂花飘香，家里人爱在桂树下歇晌，鲁迅和周作人出人意料地表演起自编的儿童剧，把大人逗得乐不可支。冬天，家中盛水的大缸里结了一层薄冰，鲁迅敲碎后捞了来分给周作人吃，咬得满嘴爆响。当然，他们也有扫兴的时候。有一次，鲁迅从一张"老鼠成亲"的画中得知元宵节晚上是老鼠成亲的日子，于是与弟弟一咬耳朵，睁着眼睛守了一夜，结果啥也没看见。第二天，周作人干什么事都无精打采，但对兄长却毫无责备之意。

　　当然，兄弟间也有很不相同的地方。譬如性格上自小就属截然相反的两类。鲁迅正直敢为，不平则鸣，在是非间是个不甘寂寞的人。周作人则和顺平静，用心专注，不爱惹事，即使在不良的环境中也能随遇而安。有一次，他们听说新台门王宅的私塾有个叫"矮癞胡"的先生，对学生特别刻毒，凡学生要小解，都须事先请求，得到了"撒尿签"后才可上茅厕，对此，三味书屋的同学都很骇异。然而鲁迅不光是骇异，第二天中午，他便率领"义师"去惩罚。到达后，发现无人，大家便把愤怒一股脑儿地泄向了"撒尿签"上，将它们尽数擗折，还把"矮癞胡"的笔筒墨砚覆在地上，以示惩戒。在这一场大闹中，鲁迅敢作敢为，俨如主帅，而周作人虽动手出力，但绝不打头。

　　鲁迅13岁那年，祖父周介孚因牵涉一场科场案被关进了杭州监狱。父母怕株连孩子，赶忙把他们安插到离城不远的大舅父家避难。周作人当时还有溺床的毛病，早晨起床，常把席子溺得湿透。时间长了，受到的讥讽就慢慢多起来，甚至连"乞食的"话儿也吐出了口。鲁迅知道寄人篱下，逆来顺受的滋味不好尝也得吞下，但他又不愿让周作人的心灵多受刺伤，于是就一个人独自承担了亲戚家的白眼。周作人年小，居然对这些艰难浑然不晓，一直到后来读了鲁迅关于这段生活的回忆文学，才知道哥哥对自己的庇护是多么的无微不至。

半年后，家中又遇不幸——养病的父亲突然狂吐起鲜血来。为请名医，家中忍痛卖掉了田产。"名医"最后是请到了，可用的药却格外稀奇古怪，药引更是难找，什么几年的陈仓米，经霜三年的甘蔗，什么"蟋蟀一对"，旁边还注着小字道："要原配。"百草园中虽蟋蟀众多，但要捉到"原配夫妻"却也不易。为此，鲁迅把周作人找来，事先商定好见了那"虫夫妇"就一人捉一只，好在兄弟间也配合惯了，费了一点周折后，总算捉到了一对，用棉线缚了送进药罐里。然而，奇草怪药还是没有救得父亲的命，不久老人家便溘然长逝了。但兄弟间这次在困境下的倾力合作，却深深地铭在了两人的心中，一直到兄弟绝交以后，他们仍忘不了这童稚时代留下的总角深情。

二

甲午战争的失败,激起了鲁迅寻求真理的强烈愿望,他决心不顾人们的嘲笑奚落,走异路,逃异地,去寻求别样的人们。1898年5月,鲁迅向祖母和母亲磕了一个头,带着行李走了。其时,周作人正在杭州服侍着收监的祖父,未能给大哥送行。到了南京后,鲁迅只能靠鸿雁托书,关心和督促着两个弟弟,希望他们能发奋努力,将来成为有用之人。一直到第三年的正月二十五日,鲁迅度完寒假后返校,特意绕道杭州才和周作人匆匆地见了一面。别后,周作人十分伤感,回到屋里伏在香油灯下,以去年春天大哥写给他和周建人的《别诸弟三首》之原韵,和了三首诗寄往南京。不久,鲁迅就回寄了三首新诗,其中一首诗云:

"梦魂常向故乡驰,始信人间苦别离。夜半倚床忆诸弟,残灯如豆月明时。"

1902年1月,鲁迅以第一等第三名的优异成绩毕业。恰巧逢上江南督练公所要选派学生出国留学,21岁的鲁迅被选中,漂洋过海,去了扶桑。远在东京的鲁迅,更加怀念自己的弟弟们。他给周建人买了许多书,端端正正地写上名字寄去;同时又给在南京读书的周作人邮去了自己的近照,照片背面上写了一溜儿蝇头小字:"会稽山下之平民,日出国中之游子。弘文学

宝峰图

院之制服，铃木真一之摄影。二十余龄之青年，四月中旬之吉日，走五千余里之邮筒，达星杓仲弟之英盼。兄树人顿首。"周作人收到了鲁迅的相片，轻轻地念着照片后幽默风趣的题词，忍俊不禁之中仿佛又听到了大哥那平静舒缓、蓝青官话中带有绍兴方言的声音。

转眼到了盛夏。一天，老三周建人独自待在绍兴家里，忽见一个剪着短发、脚穿高帮皮靴、一身旅行装束的人从家门口走进来，放下背包行李，笑吟吟地看着自己。他定睛细瞧，禁不住叫了起来："啊，是大哥呀！"听到大哥回家度暑假的消息，周作人也即刻从南京赶回绍兴。自此，兄弟仨整天泡在一起，扯着那说不完的话题。他们从国家谈到民族，从爱国谈到革命。当两个弟弟听到鲁迅在日本结识了革命党，并成立了浙江同乡会，和许寿裳、陶成章一起出版了月刊《浙江潮》，欣喜之极，竟然忘记了吃饭睡觉。周作人当即表示今后一定要像大哥一样，读书毕业后也去日本。周建人也嚷着要走大哥的路，鲁迅一想到家里的老母亲，就好言劝慰三弟，还是留在家里，一边陪伴母亲，一边自学，并说："将来我和作人学成了，赚一个钱，都是大家合着用，这样好不好？"周建人不高兴地回答道："我不要你们养活。"鲁迅一惊，又问："莫非你不相信我的话？"周建人一见大哥动了真情，再想到大哥平时常跟自己说，我们兄弟要友爱，将来永远生活在一起，不要分家的话，也就不再使性子了。可是，今后即使在乡里读书，也该有个像样的学名啊！鲁迅和周作人商量着给老三改个名字，鲁迅想，自己叫"树人"，取自"十年树木，百年树人"之意；老二叫"作人"，来自"周王寿考，遐不作人"的典故；现在老三名中也应有"人"字，于是由松寿改为建人。

1905年，周作人去北京参加公费留学考试，终于如愿以偿。同年6月，他和回家遵命完婚的大哥一起来到了日本。起先他在法政大学学日文，后入立教大学学英国文学与日本古典文学及现代文学等。鲁迅虽列学籍于东京德语学校，重心却开始留意创文学活动的准备上。按他的打算是：第一步要出杂志，第二步，要翻译介绍俄国和东欧的文学作品。周作人也积极参加了鲁迅的革命文学活动。不几年后，周作人开始恋爱了，他相中的是个日本姑娘，叫羽太信子。这对民族歧视很严重的日本来说，一个中国人能有这样的艳遇，可以说是不多见的，更何况女孩子长得既白净又俊气。到了1909年，周作人和羽太信子的恋爱已是瓜熟蒂落，两家商定了日子，打算结婚。为此，周作人又是高兴又是烦恼，因为当时周作人的开销主要是来自官费，一旦成了亲，就远不够花费了。为了成就弟弟的学业和小家庭幸福，鲁迅决定放弃自己在东京的第二步文学活动的计划以及去德国深造的机会，准备回国谋事。

鲁迅回国后，先是担任了浙江两级师范学堂教员，尽管每月"所入甚微，不足自养"，但还是节衣缩食，坚持为周作人寄月费。一年后，他在绍兴府学堂做学监，收入有了点增长，就把寄给周作人的月费增加到了 60 元。平时鲁迅还很想多买点书，多罗致些拓片古董以供研究，但一想到周作人和羽太一家，总是尽力俭省再俭省。

1912 年，周作人和他的日本妻子回到绍兴，鲁迅除了在经济上继续接济外，在事业上对周作人又投之以更大的关注。周作人曾译中篇小说《木炭素描》，他先后把译稿寄给《小说月报》和中华书局，结果都碰了壁。鲁迅见周作人为此很苦恼，就亲自为他奔波，终于得到了文明书局的应允。后来他又和周作人一起用"周绰"的笔名发表了一些作品，以至于《热风》在编选时，亦将周作人的几篇杂感选进。1915 年 1 月，鲁迅花费了大量精力辑成《会稽郡故事杂集》，也用周作人的名义印行。

鲁迅万万没有想到，兄弟间的裂隙，已渐渐出现了。

三

周作人自从娶了妻之后，鲁迅就隐隐约约地感到了兄弟间在感情上发生的变化。导致这个变化出现的外在契机，主要来自弟媳。羽太信子的娘家本是个平民小户，但她却摆出一副讲排场摆阔绰的花架子。儿子上学念书，出门归家她都要用包车接送，家里除了有烧饭司务、东洋车夫、打杂采购的男仆数人外，就连收拾屋子、洗衣看孩子的女佣，她也要分门别类地雇上几个。平时自己更是出手散漫，一有钱，就跑日本商店买东西；新做的被褥，才用了年把，一高兴便会随手赏给了仆人；有时，一桌饭菜做好了，她突然心血来潮，重新包饺子吃；小孩生病，哪怕是头疼脑热，她也要请外国医生坐轿车来诊治。当时鲁迅在教育部供职，月薪300元，加上稿费和讲课费的收入，和一般职员相比称得上是高薪了。他每个月都把全部的收入交到羽太信子手里，再加上周作人的工资。按理讲这日子该过得很宽裕了。然而到头来，鲁迅还得四处向朋友借贷。

后来，鲁迅实在看不下去了，先是劝周作人跟弟媳说说。周作人表面应允得很好，待见了信子后，依然由着老婆使性子。当然，惮于大哥的威严和经济上的供养，在很长时间里，羽太信子对鲁迅的恼怒，还不得不掩盖在恭顺的外表之下。

周作人怕惹是非，随遇而安，有时，他为了求得太平，能安安静静地看会儿书，甚至会作出糊涂得令人无法理解的疏懒与忍让的举动。也许正是因为这样的弱点，在家族成员中，他成了第一个被羽太信子制服的人。以后凡是要差丈夫去做他不愿做的事，只要搅得他不得安宁，无法读书，就一定会迫得丈夫俯首称臣，奉旨而行。有一次，周作人跟鲁迅说，打算把岳父岳母从日本接来同住，鲁迅不赞成，认为多年来寄钱供养他们，已经是仁至义尽了，今后只要继续奉养他们以足天年，也就问心无愧。更何况他们还有别的子女，又有什么必要非到中国来呢？周作人当下很不高兴。后来鲁迅追究起这段往事的来龙去脉后才知："周作人这样做，是经过考虑的，他曾经和信子吵过,信子一胡搅,他就屈服了。"

鲁迅待弟弟、弟媳虽然仁至义尽,但对不合理的事,该反对的他还是要反对,该指正的,他还是要指正。有一次,羽太信子的孩子在纸糊的窗户下玩火,几乎要酿成灾情,鲁迅发觉后,认为应该加以训诫。信子听后很不舒服,晚间丈夫回来,她就在这件事上大做文章,进起谗言来。起初,周作人犹不以为意,后来这类的言语听得多了,心中慢慢地也起了芥蒂。鲁迅平时很喜欢孩子,只要侄子侄女们来玩,他就高兴,常买些糖果食品给他们吃。信子心胸狭隘,上次的事一直耿耿于怀,总想寻机宣泄,一见孩子吃了大伯的东西,马上就窜了出来,当着鲁迅的面骂孩子,还严厉地呵斥说,今后不准吃别人的东西。这不由得使鲁迅尴尬万分,只得自我解嘲地说:"看来穷人买的东西,大概也是脏的吧!"话虽说得轻巧,心中泛起的酸楚,几乎激得他要落泪。不久,他又从孩子的口中得知,他们的父母还私下里关照孩子:"以后不要到大爹的房里去,让他一个人冷清煞。"他心中倍感悲哀。

1923年的7月13日,鲁迅和周作人逛东安市场回家,发觉气氛有点不对头,周作人进了屋后也一直不见出来。到了晚上,鲁迅没见二弟他们邀请自己一起进餐,便胡乱地吃了点就睡了。第二天起床,他依然觉得家里沉寂得像没人一样,平时孩子们上学去的喧闹声也听不见了,除了板着脸的信子偶尔露几次面外,其他的人都好像在有意地避着他似的。鲁迅感觉到了一种无声的压力，并且随着他表面上的冷眼相观而不断地加强着。到了7月19日，终于转向了总爆发，周作人拿着一封信来到了鲁迅的房间里，朝桌上一扔就走了。鲁迅瞧见信皮上写着"鲁迅先生启"的字样，脑子嗡地一下热了起来。他迅即拆了信封，展开信笺，只见上面涂了一段极其简单的文字，大意是"以后请不要到后边院子里来"！鲁迅把役工唤到跟前，让他传个话，想和周作人谈谈。不一会儿役工回话说，周作人不想见鲁迅。就这样一直僵持到8月2日，鲁迅再也不忍让大家都浸在这充满火药味的气氛中生活下去了，决定自己搬出亲手置买的八道湾的房子，把它和盘地谦让给了二弟。

四

鲁迅搬出八道湾后，大病了一场，直到11月8日才"始废粥进饭"，虽说身体是开始康复，但心中的伤口却永远难以弥合了。1924年5月，鲁迅正式移居北京西三条胡同，把不堪于信子虐待的母亲也接来同住，生活总算渐渐平稳下来。他想起自己在八道湾的书籍和一些什器还未曾搬来，就抽空又去了趟老屋。那天闷热得厉害，鲁迅到了八道湾觉得口渴难忍，就悄悄地步入外院的厨房，拿起一个洋铁勺从水缸中舀起凉水来喝，正巧被房客章廷谦瞧见，他想喊鲁迅进屋喝茶，鲁迅对他做了个不要作响的手势，轻轻地说："勿要惹祸，管自己！"喝完水，他就独自进了里院。不一会儿，从里院传出了周作人的骂声，章廷谦一听不妙，马上追着骂声进了里院的西厢房，只见周作人手里举着一只尺把高的狮形铜香炉，正欲往鲁迅身上砸去，章廷谦忙冲上去一把抢下，劝着周作人回到了后院住屋。鲁迅想不到周作人会对自己动武，恼怒之下回敬了他一个陶瓦枕。信子难得见鲁迅发火，心里紧张，又怕自己出面吃亏，赶忙打电话，呼救兵。片刻间，信子讨的救兵——羽太重久和张凤举、徐耀辰来了。当着他们的面，信子胡诌起鲁迅的种种"罪状"，周作人则在一旁"救正"着老婆的"捏造未圆处"。鲁迅对此也毫不软缩，他责问周作人："你们说我有许多不是，在日本的时候，我因为你们每月只靠留学的一些费用不够开支，便回国做事来帮助你们，这总算不错了吧？"周作人一下子语塞起来，把手一挥说："以前的事不算！"这时，站在一旁的张、徐二位也想开口说话，鲁迅不愿别人掺和自家的私事，从容地对他们说："我们周家的事情，请你们不要管。"张、徐只得走开。而鲁迅也"终取书、器而出"。

在从八道湾返回家的路上，鲁迅胸口堵得厉害，到家后，他不愿让老母亲陪着自己难过，就装出若无其事的神气，把八道湾和周作人吵架的事隐了。鲁迅心中十分明了，周作人夫妇所以扣押他在八道湾的一部分财产，实质上是算计不成后恼羞成怒的发泄，尤其在羽太信子方面，以前对鲁迅施加的种种压力，原意不过是想给鲁迅个下马威，好让他以后多给钱少管事。但是她没想到鲁迅绝不是第二个周作人，非但不屈服，而且还远离了他们,从此这条重要的经济供应线中断了。为此当鲁迅前来取东西时,信子他们就横加刁难,詈骂殴打。尽管如此,鲁迅对二弟的负义,还是以缄默来表示自己的容让,也许正因为这个缘故,现在有些人以为鲁迅和周作人的分手,纯粹是起源于政见和观点上的不同,其实谬也。周作人自己就曾经说过这样的话:"要天天创造新生活,则只好权其轻重,牺牲与长兄友好,换取家庭安静。"至于谁是谁非,周作人声称采取不辩解主义,并且把7月17日至8月2日之间的日记也剪去了。鲁迅呢?更甚于其弟。他说:"我的小说中所写的人物,不是老大就是老四,因为我是长子。写'他'不好的时候,至多影响到自身;写老四也不要紧,横竖我的四兄弟老早就死了。但老二、老三绝不能提一句,以免别人误会。"

转眼鲁迅离开八道湾已两年多了,兄弟怡怡的愿望终究成了泡影,但他还始终满怀着希望,期待二弟的回心。11月3日他起得早,披上件毛衣就坐到了桌旁,续那未完的小说《弟兄》。当他写道,"你一定惦记着令弟的病,你们真是'鹡鸰在原'……"的字句时,感到喉头有些发紧,一股浓重的感伤紧紧地攥住了他的心,他觉得《诗经》中描写的那只困处高原的鹡鸰鸟向同类呼救的哀鸣,似乎就是在呼唤着他和已经绝交的二弟。11天后鲁迅又写了一篇小说《伤逝》。周作人看了小说后说:"《伤逝》这篇小说很是难懂,但如果把这和《弟兄》合起来看时……《伤逝》不是普通的恋爱小说,乃是假借了男女的死亡来哀悼兄弟恩情的断绝的。""我也痛惜这种断绝,可是有什么办法呢?"

五

周作人与大哥分手后的两年里,由于革命的惯性,他还着实地在战场上冲杀了一阵子,尤其在悼念刘和珍烈士的追悼会上,他曾以"赤化赤化,有些学界名流和新闻记者还在那里诬陷;自死自死,所谓革命政府和帝国主义原是一样东西"一联唤出了自己的声讨之音,与鲁迅的《纪念刘和珍君》等文章相呼应。可是,此事移去刚刚一年,他非但勇气锐减,而且还学会了苟安术,政治上一有风吹草动,就弄面太阳旗挂到屋顶上,意思无非是告诉别人,本屋主是日本侨民,希望勿要轻举妄动。1927年4月,张作霖进占北京,白色恐怖进一步加剧,出版了不少周作人作品的北新书局遭关闭,《语丝》杂志也被查封,周作人恐怕太阳旗下也难保安宁,索性避居到了日本武官的家里,赤裸裸地托起了日本人的庇荫。

早在日本留学期间,凡是牵扯到国家民族的问题,周作人和鲁迅的表现就不尽相同。鲁迅表现出强烈的民族自尊心,而周作人呢?一说起日本总是赞赏不已。在日本觅到情侣后,对这异国的感情亦随之加厚起来,常常把东京比作是自己的"第二故乡"。由是,对鲁迅在日本从事的革命文艺活动,有时也显得热情不高。后来,随着时日的流逝,兄弟俩这方面的差异也与日俱增，鲁迅的骨头变得越来越硬，而周作人却依恋清静的书斋生活，于时事开始疏淡，再加上羽太信子那无休无止的享受欲，迫使他不得不为五斗米折腰，讨生活的俗气促得他随遇而安的性格慢慢地恶化成了苟且偷生的变体。

鲁迅最早看出了这隐含着的恶果，心中焦急万分，在上海定居后他即对周建人说："八道湾只有一个中国人了。"苦于无法和周作人直接对话，只得找周建人商量，表达了希望老二也到南方来的心愿。随后，他又写信给章廷谦，委婉地托章转告周作人南下。章廷谦看完信，感动得抚案叹道：兄弟已经分手多年，遇到风吹草动，还是那么关怀他，我想，倘若周启明（周作人）迷途知返，那一定将是"度尽动波兄弟在，相逢一笑泯恩仇"。可憾的是，令章廷谦感叹不已的热力，在周作人身上仍然没有激起丝毫反响，使得鲁迅对二弟最关键的一次眷顾也被无声无息地撞回了。自此，兄弟俩天南地北，各走各的了。

六

也许是因为过去对三弟的关心有逊于二弟吧，自从鲁迅定居上海后，他给了周建人加倍的补偿。当时鲁迅也面临着人生道路的重大转折，近在咫尺的周建人经常随鲁迅一起和共产党人、进步人士学习马列主义，讨论中国社会问题。鲁迅同共产党人的交往，大多由周建人出头担任联络及掩护工作。瞿秋白被捕后，能和鲁迅、党组织取得联系，也是通过了周建人。其间，他在鲁迅的带领下，还参加了中国民权保障同盟，勇敢地投入了营救陈赓、罗登贤、廖承志等人的活动。

与此同时，鲁迅对三弟工作上和生活上也给予了无微不至的关怀。他知道周建人因为娶了羽太信子的妹妹为妻，"所得的薪水，每月也要被八道湾逼去一大半。"为了调剂三弟一家的生活，鲁迅每周末要准备一桌丰盛的晚餐，款待周建人夫妇。后来周建人由北四川路搬进了法租界，回去的路远了，总是由鲁迅掏钱雇车将他们送回。在孩子们的学杂费、医药费等款项上，周建人也都得到了大哥的慷慨周济。1932年初，王云五出任商务印书馆总经理后，实行大批裁员，周建人亦未幸免。为了这件事，向来不愿求人的鲁迅，自当年3月到8月间，多次写信给老友许寿裳，托其央请蔡元培出面通融，最后使周建人得以复职。鲁迅的这般关心，使周建人在世态炎凉的社会少受了许多坎坷之苦。

1936年10月19日，鲁迅因肺病恶化而与世长辞了，周作人在北京接到讣电后，没有前来参加追悼会。他哪里知道，大哥时常在惦念他，为他担忧，一直在考虑如何帮助他摆脱劣境，可憾的是直到逝世，尚无妥善方法。对于周作人的退隐和沉沦，在上海的党组织也没有等闲视之。冯雪峰找到周建人，表示自己颇有意去接近周作人，希望周建人能从中沟通。同时，还有许多朋友因华北局势吃紧，也希望周作人能离开八道湾来上海，商务印书馆和其他一些书局都表示愿意养他。面对着这些热忱的援助之手，联想到大哥生前的意愿，周建人不禁热泪盈眶，马上给远在北京的二哥写了一封信，信中恳切地转达了大家的热望。谁知，这封信同鲁迅过去的撞壁一样，也遭到了周作人的冷落。自此，周建人也与周作人断绝了来往。

七

抗战爆发后，北京大学奉命南迁，校长蒋梦麟委托冯祖荀、孟森、钱玄同、周作人四教授留守北大。由于没了薪资收入，周作人只得整天埋入八道湾的苦雨斋里写他的小品。不久，伪临时政府教育部成立，当时的伪教育总长汤尔和与周作人是同乡，为此竭力援引周作人出山。周作人再糊涂，也知道这事干系非小，心内疑虑重重。1939年元旦，两个自称是"中日中学"的学生持片来访时突然掏出手枪向周作人开火，子弹正好打在厚棉袍内的小棉袄的纽扣上，然后穿过破碎的纽扣打破了他腹部的表皮，虽然流血不多，但心中受到的惊悸却把周作人唬得半死。而后，周家宅邸的门口就被安上了岗。当时有一种说法，认为日本人对不甘自投罗网的人多是采用这种软硬兼施的方法，对周作人是否也用了此策，笔者不敢妄加定论，但至少到了当年的8月，周作人正式下水附逆，出任了北大文学院院长，而后又任伪华北政务委员会教育总署督办，自此在伪政权的陷阱里越陷越深，终于到了"洗也洗不清"的地步。

其间，他固然也做过一些类似掩护和资助参加冀东暴动的地下党员这样的好事，但汉奸文人的污点却是永远也无法洗脱了。

1945年9月，"肃奸"运动开始，军统奉命逮捕汉奸，当晚就向周作人宣布了逮捕令。周作人被解往南京，由首都高等法院审理。据说："亏得教育部部长朱家骅、原北大校长蒋梦麟从中周旋，并出示了当初委托周作人留守学校、保管财产的证明，才使对他的判决由死刑改为十四年有期徒刑。"一直到1949年1月，周作人才被开释出狱。然而，也就是在他最灰暗的日子里，周建人却参加了中国共产党，同是兄弟一场，由于后期与大哥在亲疏上的差异，最后的得失竟是这样的迥然不同。

人毕竟不是草木，周作人在痛苦的反思中，恐怕也醒悟到了自己在兄弟相处中所犯的错误，而且随着年龄的增高，负疚也愈深，到了晚年，几乎是陷入了痴痴的眷恋之中而不能排遣。他在晚年所著的《知堂回想录》中，不知怎的又追述起了40年前卧病西山的事情。那一回，周作人患了肋膜炎，每到午后就发起了高烧，烧到晚间人几入昏沉。是大哥把他送进了医院，以后又让他去西山疗养，还不时抽身探望，并代他处理信件和诸般琐事。后来此书在香港报纸上连载，引起了国内外不少人士的关注，尤感奇特的是，在即将载完的当儿，周作人的思绪突然回溯到了童年，他写道："大约是八岁以前……那时在朝北的套房里，西向放着一张小床，这也有时是鲁迅和我玩耍的地方。记得有一回模仿演戏,两个人在床上来回行走,演出兄弟失散,沿路寻找的情状,一面叫着'大哥呀,贤弟呀'的口号,后来渐渐地叫得凄苦了,这才停止。"读着这段寄意幽深的文字,使我不由得想起了先人在诉说童年时的种种寓意,比如,许多作家曾把它作为母爱的伙伴,用以来拯救堕落的人生。在这里,周作人是不是也用了这种含义,来洗刷自己后世的污浊,哀叹自己因衰老而无法蒙得重生的心情呢?

(摘自《读者文摘》1987年第2、3期)

文人笔下的鲁迅

郑振铎　林语堂　郁达夫

○郑振铎

——初和他见面时，总以为他是严肃而冷酷的。他的瘦削的脸上，轻易不见笑容。他的谈吐迟缓而有力。渐渐地谈下去，在那里面，你便可以发现其可爱的真挚、热情的鼓励与亲切的友谊。他虽不笑，他的话却能引你笑。

——他所最恨的是那些专说风凉话而不肯切实地做事的人。会批评，但不工作；会讥嘲，但不动手；会傲慢自夸，但永远拿不出东西来，像那样的人物，他是不客气地要摈之门外，永不相往来的。所谓无诗的诗人，不写文章的文人，他都深诛痛恶地在责骂。

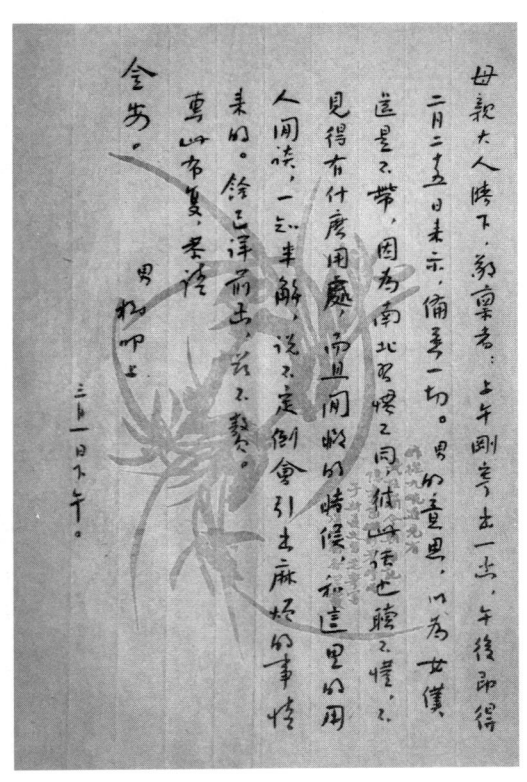

鲁迅致母亲，1935年3月1日，上海

○林语堂

——鲁迅与其称为文人，无如号为战士。战士者何？顶盔披甲，持矛把盾交锋以为乐，不交锋则不乐，不披甲则不乐，即使无锋可交，无矛可持，拾一石子投狗，偶中，亦快然于胸中。此鲁迅之一副活形也。德国诗人海涅语人曰，我死时，棺中放一剑，勿放笔，是足以语鲁迅。

○郁达夫

——在鲁迅的刻薄的表皮上，人们只见到他的一张冷冰冰的青脸，可是皮下一层，在那里潮涌发酵的，却正是一腔热血，一股热情。

——鲁迅的随笔杂感，其特色为观察之深刻，谈锋之犀利，文笔之简洁，比喻之巧妙，又因其飘溢几分幽默的气氛，就难怪读者会感到一种即使喝毒酒也不怕死似的凄厉的风味。

（摘自《读者文摘》1992年第9期）

鲁迅的一次"高招"

郭心立

据说,20世纪30年代上海有家书局给作者发稿费,只按实际字数计算,标点符号、段落空格都不算。

于是,鲁迅有一次故意给该书局寄去既没划分段落,更无一个标点的稿子。书局无奈,只得写信给鲁迅:"请先生分一分章节和段落,加一加新式标点符号。"鲁迅回信说:"既然要作者分段落加标点,可见标点和空格还是必要的,那就得把标点和空格也算字数。"书局只好认输。

(摘自《读者》1993年第7期)

失恋诗和催眠曲

谭桂林

失恋诗

1924年10月,鲁迅的学生孙伏园编北京《晨报》副刊,约鲁迅作文以光篇幅。鲁迅在几次敦促之下,作打油诗《我的失恋》一首交去。诗云:

> 我的所爱在山腰;
> 想去寻她山太高,
> 低头无法泪沾袍。
> 爱人赠我百蝶巾;
> 回她什么:猫头鹰。

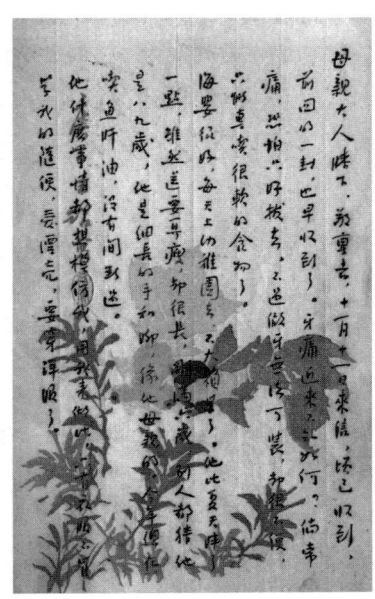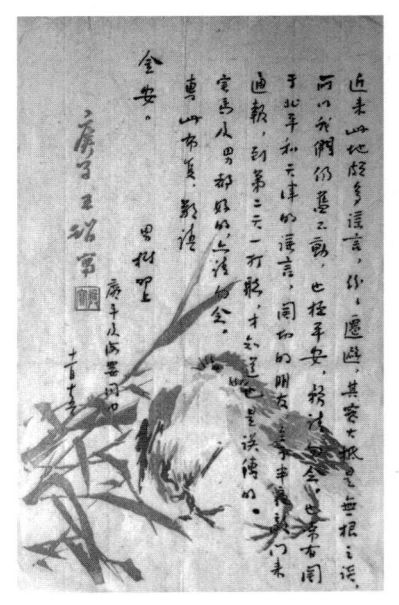

鲁迅致母亲，1935年11月15日，上海

从此翻脸不理我，
不知何故兮使我心惊。
我的所爱在闹市；
想去寻她人拥挤，
仰头无法泪沾耳。
爱人赠我双燕图；
回她什么：冰糖壶卢。
从此翻脸不理我，

不知何故兮使我糊涂。

我的所爱在河滨；
想去寻她河水深，
歪头无法泪沾襟。
爱人赠我金表索；
回她什么：发汗药。
从此翻脸不理我，
不知何故兮使我神经衰弱。

我的所爱在豪家；
想去寻她兮没有汽车，
摇头无法泪如麻。
爱人赠我玫瑰花；
回她什么：赤练蛇。
从此翻脸不理我。
不知何故兮——由她去罢。

　　孙伏园认为这首打油诗看似"油滑"，实则表现了鲁迅先生的恋爱观与处事态度，立即照排。不想付排时被属于研究系的代理总编辑刘勉已看到。当时徐志摩正在追逐林长民的女儿林徽因，徐志摩已是有妇之夫，林家嫌其轻薄，未能允诺，但徐志摩对林徽因的单相思则是文坛尽人皆知的。刘勉己认为鲁迅此诗是讽刺徐志摩的,从大样中抽下来坚决不登。孙伏园因此愤而辞职,结果也就有了《语丝》的创刊。《语丝》的创刊号上即将此诗发表了。后来鲁迅在北京大学对学生们开玩笑说:"像我们这样有胡子的老头子,连失恋都不许我失了!"

催眠曲

鲁迅写过新诗,也写过不少旧诗。鲜为人知的是,当他做了父亲后,还曾以诗歌调子谱过催眠曲哩。

那时,被鲁迅戏称为"小红象"的海婴尚在襁褓之中。鲁迅总是忙里偷闲,抱着他坐在床边,递给一些香烟盒之类的小玩意,弄得铿锵作响;引得小孩子高兴了,就让他立在大腿上,活蹦乱跳。待到小孩疲倦时,就把他横抱在自己的怀里,从门口到窗边,再从窗边到门口,开始唱那自编的"平平仄仄平平仄"的诗歌调子:

> 小红,小象,小红象,
> 小象,小红,小象红,
> 小象,小红,小红象,
> 小红,小象,小红红。

有时，又改唱"仄仄平平平仄仄"调：

吱咕，吱咕，吱咕咕呀！

吱咕，吱咕，吱吱咕。

吱咕，吱咕，吱咕咕，

吱咕，吱咕，吱咕咕。

就这样，不厌其烦地哄着，唱着，"小红象"也就渐渐地在摇篮里安睡了。此情此景，正如许广平所形容的："好像那雄鸽，为了哺喂小雏，就是嘴角被啄破也不肯放开它的责任似的。"

（摘自《读者》1995年第7期）

回归人世的鲁迅

王家平

鲁迅的生与死、爱与恨、悲与欢，连同他的文学创作，构成了现代中国最具魅力的人文景观。鲁迅荷戟独行、呐喊彷徨的精神历程以及他深刻而痛苦的生命体验，让人流连忘返。也正是因为这样，才构成了他博大的、不可抗拒的人格力量。

鲁迅去世至今已近60年。在这半个多世纪的风风雨雨里，鲁迅一步步被推上了"神圣的祭坛"，成为20世纪中国最为显赫的文化偶像。

然而一旦我们抛弃了过去那种对鲁迅神圣化的认知模式，以平等的视角面对鲁迅，便会产生新的困惑和茫然。鲁迅的思想太丰富了，鲁迅的性格太复杂了。在鲁迅的身上，有太多的矛盾和"悖谬"。深入到鲁迅作品的艺术世界中去，走进他丰富的心灵王国里去，最吸引我们的恐怕是他的爱与他的恨。

背负着爱的十字架

在鲁迅的少年时代，祖父因科场案发而进了监狱，接着父亲又撒手人寰，家庭的重担就全压在了母亲鲁瑞瘦弱的肩上。在世人的冷眼里，在族人的倾轧下，母亲忍尤攘诟、含辛茹苦地抚养着5个孩子（鲁迅有一弟一妹在幼时夭折），勉强支撑着日趋败落的周家。作为周家的长孙、长子，鲁迅充分感受了母爱的圣洁伟大。晚年的他还多次对青年作家萧军说："我的母亲是很爱我的。"母爱成了鲁迅寂寞人生中巨大的精神慰藉，也成了一笔永世难偿的道德债务。为了报答母亲，他以母亲的姓氏为自己起了"鲁迅"这一笔名。留日时期，作为光复会成员的鲁迅，曾被委派回国刺杀清朝官员，临行前他问："如果我被抓住，被砍头，剩下我的母亲，谁负责赡养她呢？"鲁迅并非贪生怕死，然而对母亲的爱使他产生了片刻的犹豫，这导致光复会领导取消了派他回国行刺的计划。从此，他的心灵深处投上了一道难以抹去的阴影。

母爱也影响了鲁迅的职业选择。他的政治立场与封建官僚是尖锐对立的，道不同则不相谋，按照他的个性来说，应该避免与这些统治者共事才是。然而从1912年至1926年，他一直未能脱离官场。20世纪20年代中期,鲁迅的论敌陈西滢攻击他"从民国元年便做了教育部的官,从没脱离过。所以袁世凯称帝,他在教育部,曹锟贿选,他在教育部……"这番刻薄的言辞多少击中了鲁迅的痛处。那么他为什么要这样委屈自己呢?鲁迅在1925年一封致青年朋友的信中透露了他的苦衷,他说自己"只能不照自己所愿意做的做,而在北京寻一点糊口的小生计,度灰色的生涯。因为感谢别人,就不能不慰安别人,也往往牺牲了自己"。这里所说的别人,主要是指母亲。在当时的社会环境中,要想寻到一个较稳定的职业谈何容易?为了赡养老母,鲁迅不得不做自己所憎恶的官员。

更大的精神重压还来自母亲对他的婚姻的强制性安排。1906年,"母亲病危"的电报把鲁迅从日本召回国内。回家后,他才发觉这是一个圈套,母亲身体好好的,召他回来是让他与朱安完婚。朱安是一名目不识丁、裹着小脚的旧式女子,她万不能为饱受了西方新思潮洗礼的青年鲁迅所接受。但是母亲相中了朱安,认为她比家族里的姐妹和媳妇都贤惠。鲁迅也作了抗争,然而一看到慈母满头的白发和满脸的悲哀,他的心快碎了,他必须作出最大的退让。一切都按古老的婚礼仪式进行,鲁迅头戴假辫,身着长袍马褂,像木头一般与朱安拜完堂,并走进了洞房。4天后,他撇下新娘匆匆前往日本。回到东京后,鲁迅沉痛地对挚友许寿裳说:"婚姻是一件母亲送给我的礼物,我只好好好地供奉它,至于爱情是我所不知道的……"为了尽

赵延年图

孝，为了慰藉母亲孤寂的心，鲁迅作出了一生中最大的牺牲。

《诗经》的诗句："东有启明，西有长庚"，描述了一种自然天象，启明和长庚皆为金星的别名，分别指代金星在凌晨和黄昏时所处的不同位置，后人借用这两句诗比喻兄弟失和。鲁迅周岁时，父母亲按绍兴习俗把他抱到长庆寺，拜一名姓龙的住持和尚为师，龙师父给他起了一个"长庚"的法名，而他的二弟周作人后来则以"启明"为字。难道鲁迅和二弟的名号暗示了后来兄弟关系彻底破裂具有某种天意？

鲁迅对弟弟一向是厚爱有加。父亲去世后，他在弟弟面前扮演着父、兄双重角色。二弟周作人只比他小4岁。幼时，他们就是形影不离的好朋友。他们少年时代的诗文总透露着一种亲密无间的感情。1900年2月鲁迅离开故乡前往南京继续求学时曾写过《别诸弟三首》，其中之一写道："谋生无奈日奔驰，有弟偏教各别离。最是令人凄绝处，孤檠长夜雨来时。"他1901年4月写于南京的另一首《别诸弟三首》诗云："梦魂常向故乡驰，始信人间苦别离。夜半倚床忆诸弟，残灯如豆月明时。"这两首诗抒发的都是长兄鲁迅对弟弟们真挚的思念之情。1906年回国完婚后不久，鲁迅把二弟作人带到日本留学，在异国他乡，他们互相关怀，相濡以沫。他们一起筹办《新生》杂志，共译《域外小说集》，共同的兴趣、爱好和理想，使兄弟二人成为文学上的知音。1909年，周作人即将与日本姑娘羽太信子结婚，而国内的老母也难以支撑衰败的家庭，为了尽到长子、长兄的责任，鲁迅忍痛打消了赴德国留学的念头，回到国内谋职养活全家，每月还给羽太信子一家寄去60元的生活费。经过长时间的单身生活后，鲁迅与已担任北京大学教授的周作人于1919年年底把全家迁到北京，他用四处兼职、多方借贷凑足的一大笔钱，在西城八道湾购置了宽敞的宅院，从此做起了安度大家庭生活的美梦。

不过，现实是残酷的，鲁迅心中这片仅剩的"人性乐土"不久就彻底沦丧。1923年7月中旬，周家大院发生了严重的"内讧"，二弟及其妻子羽太信子与鲁迅闹翻了。鲁迅在事发的

7月14日的日记中用寥寥数语记载了这场冲突:"是夜始改在自室吃饭,自具一肴,此可记也。"5天后,周作人交给鲁迅一封绝交信,内中写道:"鲁迅先生:我昨日才知道,——但过去的事不必再说了。……以后请不要再到后边院子来,没有别的话,愿你安心,自重……"关于这场"家庭内战"的起因,至今仍是学术界一个争论不休的话题,其中的两种具有代表性的说法可备参考。其一是"信子离间"说:鲁迅对管理家政的二弟媳羽太信子的铺张浪费、不知节俭多次给予批评,她就污蔑大哥对她"非礼",周作人听信谗言,中了离间之计;其二是"信子原为鲁迅情人说":鲁迅留日期间即与信子同居,后因与朱安结婚,就把信子介绍给二弟为妻。作人起初不明虚实,至事发前才得知"真相"。前一种说法有一定的材料依据而为人们所普遍接受,后一种说法因缺乏有力的证据而难为广大学者认可。不管怎么说,这兄弟二人从此是大路朝天,各走一边。冲突半个月后,鲁迅迁出了八道湾寓所。几个月后,他回旧居取自己心爱的书籍,愤怒的周作人竟然举起一个铜制香炉向兄长砸来,幸亏友人及时劝阻,才避免了一场流血冲突。

这场冲突使周氏兄弟二人产生了深刻的信仰危机。就鲁迅一方来说,他为二弟作出了那么多的牺牲,本也不指望恩恩相报,只要二弟能与自己长相知也就知足了,却未料竟落到恩将仇报的地步。鲁迅悲痛万分。在随后的3年里,鲁迅一直处于十分孤独而绝望的境地,《野草》集里的散文诗充分显露了这种情绪。

异性，我是爱的，但我一向不敢

人非草木，孰能无情？鲁迅与朱安度过了近20年毫无爱情的夫妻生活。自然，鲁迅身边也不乏女性的身影，他那个冷寂的家中常有女师大学生青春的笑声传出。在这群女生中，勇敢地向鲁迅放出"爱之箭"的是许广平。从此，鲁迅陷入了一场旷日持久的爱情"拉锯战"。

"战事"发端于1925年3月11日。那天，许广平给鲁迅寄去第一封信，请求先生给她一个"真切的、明白的指引"。这是一封普通的师生往来信件，然而在信的末尾，许广平有意提醒先生自己是位女生。或许她担心先生把自己误为男生（许广平像是男性名字）？或许这是在透露对先生的爱慕之意？从鲁迅收到信的当天晚上就写了回信的行动上看，他是较看重这位不大熟悉的女弟子的。

从那以后，他们开始了频繁的鱼雁往来。在随后的女师大事件中，鲁迅与许广平等学生一道同北洋军阀政府展开了无畏的斗争，他们在并肩作战中培养了亲密的感情。一得空闲，许广平就来鲁迅家抄写文稿。一日，许广平大胆地握住了先生的手，从此，他们开始了热恋。许广平是爱得那般地毫无顾忌、热情奔放，而鲁迅则显得有些犹豫。他的处境十分尴尬。他未尝没有休弃原配朱安之意，可一想到母亲那颗脆弱易碎的心，想到朱安被休后的可怜处境,他只好退却。然而,许广平炽热的感情和青春的风采又非轻易就能够从记忆中抹去。他痛苦至极。鲁迅面临着极大的来自传统观念和社会舆论的压力。当时一些论敌抓住这件事大做文章。为了躲开北京的流言和家庭的无形压力,鲁迅于1926年8月携许广平南下。

在这场爱情角逐中,鲁迅内心也充满了深深的自卑,恐怕他在心里不止一次地做过这样的比较:许广平是充满着青春活力的未婚女子,自己是已有妻室、疾病缠身(患有致命的肺结核病)、年近迟暮之年的人。所以,鲁迅曾经很含蓄地向许广平透露:"我先前偶一想到爱,总立刻自己惭愧,怕不配,因而也不敢爱某一个人。"后来,鲁迅在一封致友人的信中,更明确地承认了自己面对爱人时的自卑胆怯心理:"其实呢,异性,我是爱的,但我一向不敢,因为我自己明白各种缺点,深恐辱没了对手。"

知鲁迅者莫过于许广平,她在一封信中直率地对鲁迅说:"你的苦痛,是在为旧社会而牺牲自己。旧社会留给你苦痛的遗产,你一面反对这遗产,一面又不敢舍弃这遗产……于是只好甘心做一世农奴,死守这遗产。"这里所说的"遗产",具体指的是鲁迅的包办婚姻,面对这份特殊的"遗产",许广平作了最大的牺牲,她在这封信的末尾安慰鲁迅说:"如果觉得这批评也过火,自然是照平素在京谈话做去,在新的生活上,没有什么不能吃苦的。"据专家考证,这所谓的"在京谈话"指的是鲁迅当初与许广平确立恋爱关系时的约定：他无法与她正式结婚，在名分上，他仍保持原来的婚姻。

鲁迅读完许广平这封信后，打消了原先的许多顾虑。1927年10月初，鲁迅携许广平从广州前往上海，在虹口景云里23号楼，他们开始了正式的同居生活。但这并不意味着他们从此过上了安定平静的太平日子，流言就像影子无处不在。面对这种流言，他本应坚决地予以回击，但他只能一直保持沉默，他甚至设法掩盖同居的事实。刚来上海时，鲁迅常对友人说许广平是帮他校对文稿的助手，他特意将自己的卧室设在二楼，而将许广平安排在三楼居住。一向以果敢、勇猛著称的鲁迅，竟然如此地惧怕社会舆论、如此地羞于承认自己与所爱的人的关系。这种异常的精神状态自然给鲁迅和许广平的同居生活投下了阴影。鲁迅与许广平同居上海的9年是互相扶助、并肩战斗的9年，也是相敬中有伤害、和睦下潜伏着冲突的9年。

受虐与复仇

鲁迅的烦恼和痛苦还来自他对世道人心的深深失望。他亲眼目睹了清末以来许多革命志士死后为世人漠视和遗忘的悲剧，他的小说《药》中的主人公夏瑜就是这样一位悲剧人物。他深有感慨地对许广平描述了当时的革命烈士的不幸命运："牺牲为群众祈福，祀了神道之后，群众就分了他的肉，散胙。"鲁迅本人也有类似的悲剧体验："我先前在北京为文学青年打杂，耗去生命不少，自己是知道的。……但还料不到他看出活着他不能吸血了，就要打杀了煮吃，有如此恶毒。"鲁迅觉得自己为别人作出了那么多的牺牲，却反遭他们的误会、背弃以至暗算，于是他万分悲痛。悲痛之至，使他变成了一尊怒目金刚，他举起了复仇的利刃。

鲁迅曾向许广平透露自己由爱转向恨的心理动因："我先前何尝不出于自愿，在生活的路上，将血一滴一滴地淌过去，以饲别人，虽自觉渐渐瘦弱，也以为快活。而现在呢，人们笑我瘦弱了，连饮过我的血的人，也来嘲笑我的瘦弱了。……这实在使我愤怒了，怨恨了，有时简直想报复。"

鲁迅的受虐心理和复仇倾向的形成，与他的童年经历密切相关。他基本上是在备受压抑的环境中成长起来的：幼时，父亲经常强迫活泼好动的他背诵乏味的经书而禁止他玩耍；少时，祖父科场案发而家道中落，他避难于亲戚家而被称为"乞食者"；为治愈父病，他进出于当铺和药店，受尽世人的冷眼和侮辱……成长于这种严酷环境里的鲁迅，自小就具有了受虐体验和复仇冲动。七八岁时，鲁迅常受一位年长于他的名叫沈八斤的顽童的欺负，他自知力不敌八斤，就靠画画来复仇。他画一个人躺在地上，胸口刺着一支利箭，再在图像上写上"射死八斤"几个字。

成年后的鲁迅对复仇有了理性的认识，他在《杂忆》一文中写道："报复，谁来裁判，怎能公平呢？"便又立刻自答："自己裁判,自己执行,既没有上帝来主持,人便不妨以目偿头,也不妨以头偿目。"鲁迅成了现代中国的"复仇之神"。他借助于文学作品,向黑暗残暴的专制体制宣战,向迂腐庸俗的社会势力开火,向诋毁和迫害他的敌人复仇,成了鲁迅生命历程中极富个人魅力的华彩乐章。

在历史小说《补天》中,鲁迅给女娲胯下凭空添上几个"衣冠小丈夫",用来嘲弄20世纪20年代喧嚣一时的封建卫道士。他的另一部历史小说《奔月》,对神话人物嫦娥作了喜剧化的处理,把她刻画成一位经常抱怨吃乌鸦炸酱面的女子,这一形象未尝不是鲁迅对他那位一味贪图享乐的二弟媳的挖苦和讽刺。

鲁迅与创造社作家一向积怨较深,双方曾有过许多回合的较量。1923年,鲁迅的小说集《呐喊》出版不久,创造社批评家成仿吾以"浅薄"和"庸俗"之名,砍杀了这个小说集里的绝大多数作品,而只推历史小说《不周山》(后改名为《补天》)为佳作。事隔7年,《呐喊》第13次印刷时,鲁迅故意将《不周山》一篇删除,向成仿吾当头回敬了一棒。成仿吾认为鲁迅"所矜持的是闲暇,闲暇,第三个闲暇"。鲁迅后来干脆把他创作于论战期间的杂文结集为《三闲集》出版,他在序言中特别强调,取名为《三闲集》是"射杀仿吾也"。

鲁迅的锋芒毕露、字字见血的作品戳痛了社会的神经,许多文人学者嘲笑他是睚眦必报、心胸狭窄的"刀笔吏"。鲁迅并不在乎世人的评价,他一再声明,自己活在人世并不断撰文的主要目的就是要让仇恨他的人感到"恶心","就是偏要使所谓正人君子也者之流多不舒服几天,所以自己便特地留几片铁甲在身上,站着,给他们的世界上多有一点缺陷"。

复仇的快感令人陶醉。鲁迅的散文诗《复仇》,描写了一种充满着残酷且不乏恶意的人生体验:在广漠的旷野上,站立着一对全身裸露、手持利刃的男女。路人从四面八方汇集此地,等待着鉴赏这对男女互相搂抱的刺激或者互相杀戮的残忍。过了许久,这对男女仍静立着,既无拥抱也无杀戮之意。末了,看客们纷纷觉得百无聊赖,"居然觉得干枯到失了生趣";而这对男女却以"死人似的眼光,鉴赏这路人们的干枯",他们决意让路人们"无戏可看",而自己却"永远沉浸于生命的飞扬的极致的大欢喜中"。鲁迅正是借助两个裸体男女的形象,向空虚无聊的"看客"、向麻木愚昧的国民复仇,并在这"无血的大戮"中,获得了极度的复仇快意。

人之将死,其言也善,然而鲁迅至死也未放弃复仇之念。他在去世前的44天带病写下了《死》一文。文章叙述了他在病中发热时,曾想起了欧洲人临死时的宗教仪式——与别人互相宽恕;他联想到自己"怨敌可谓多矣",然而他决定"让他们怨恨去,我也一个都不宽恕"。据许广平回忆,鲁迅去世前几天曾做过一个噩梦,他梦见自己走出家门,看到两旁都埋伏了敌人,他们正欲向他发动进攻;他立即拔出匕首,掷向敌人的身躯。这个梦境是鲁迅一生的浓缩写照：他曾为亲人、为朋友、为社会作出了巨大的牺牲，然而他收获的是误解、背弃、迫害……他成了最孤独的人。

(摘自《读者》1995年第8期)

鲁迅的书账

余 斌

鲁迅有一习惯，每购一书，不仅在那一日记下书名，而且也记下书价，而且巨细无遗，毫厘不爽。比如《仇十洲麻姑仙图》，每枚价仅8分，也都一一记录在案。1913年5月买的一册《观无量寿佛经图赞》所记价格为0.312元，更是精确到厘了（可知那时买书的讲价是极细的，但不知几厘几厘是如何找法）。

每年岁末，鲁迅照例要算一回总账，将所置书籍、图册、拓片等按购置的时间顺序一一列出，月为单位是小结，最后算清一年共花费几何，此外又还常算出平均每月花去多少。

鲁迅自奉甚俭，衣的朴素随便是不用说了，吃住行也都很简单，唯在买书上手脚是大的。平均下来，每年所费在500元以上。到上海以后，也许是生活安定下来，做长久计了，书买得尤多。一年常在800元以上，最多的1930年，总共花去2404元，平均每月约200元，相当于当时大学毕业生几个月的薪水。而到去世为止的20多年间，鲁迅的书账加起来将近1.3万元，买下3处北京八道湾那样大的宅子也够了。鲁迅的收入不能算少，然要买这么多的书，总也感到吃力了。1912年书账的后面有一段附记："审自5月至年末，凡8月间而购书百六十余元，然无善本。京师视古籍为古董，唯大力者能致之耳。"

（摘自《读者》1997年第1期）

60年的杂感

王得后

鲁迅逝世60年了,到今年10月19日。

鲁迅有墓,在上海。当初在万国公墓,1956年10月14日迁于虹口公园。现在也改名为鲁迅公园了。

然而,鲁迅说:"死者倘不埋在活人心中,那就真真死掉了。"这60年,鲁迅没有"真真死掉"。亲近他的,信服他的,爱戴他的,利用他的,攻击他的,冷落他的,敬而远之的,谬托知己的,舐皮论骨的,和他生前一样。自然,一定有变化,不过迄今只是数量的增减而已。这不是好事情:人们纪念鲁迅,却忘记了他的遗嘱。或者根本不知道。比如:

"三,不要做任何关于纪念的事情。"

"四,忘记我,管自己生活。——倘不,那就真是糊涂虫。"

"六,别人应许给你的事物,不可当真。"

"七,损着别人的牙眼,却反对报复,主张宽容的人,万勿和他接近。"

全部遗嘱,不过七条。想得到,说得出,鲁迅的平凡在此,鲁迅的卓异也在此。

一

过了60年,鲁迅博物馆的鲁迅生平展览,在他的遗像下面才展出他的这一段自白:"自问数十年来,于自己保存之外,也时时想到中国,想到将来,愿为大家出一点微力,却可以自白的。"

这是1934年5月22日写给《集外集》编者——1976年成立鲁迅研究室经毛主席圈定出任八顾问之一的杨霁云先生的信里的话。这段话之前有"平生所做事,决不能如来示之誉",之后还有"倘再与叭儿较,则心力更多白费,故《围剿十年》或当于暇日作之。"

这样朴素、实在地总结一生的自白,几十年为人们所不取,为研究者所讳言,只因为鲁迅说了"于自己保存之外"!

奇怪的是,人们却又铺天盖地大书特书"学习鲁迅的'壕堑战'""学习鲁迅的'韧'性战斗精神"云云。

什么是"壕堑战"呢?鲁迅说:"欧战的时候,最重'壕堑战',战士伏在壕中,有时吸烟,也唱歌,打纸牌,喝酒,也在壕内开美术展览会,但有时忽向敌人开他几枪。中国多暗箭,挺身而出的勇士容易丧命,这种战法是必要的罢。"这不就是"于自己保存之外"开他几枪么?

60年了,60年时间的流逝洗涤旧迹。泪揩了,血清了,后死者有时忘乎所以,想入非非,以为当时颇宽容。竟不记得鲁迅的"钻网"的法子,"自己先抽去了几根骨头"因而还留下了骨头。乃至于鲁迅用了那么多笔名也不以为意了。

的确,鲁迅是倡导"生命第一"的,他不忍用牺牲,也不劝别人去做牺牲。他说:"自己活着的人没有劝别人去死的权利,假使你自己以为死是好的,那末请你自己先去死吧。诸君中恐有钱人不多罢。那末,我们穷人唯一的资本就是生命。以生命来投资,为社会做一点事,总得多赚一点利才好;以生命来做利息小的牺牲,是不值得的。"

于是又有人嬉皮笑脸,挖苦鲁迅住"且介亭",是"聪明人"了。可鲁迅不但说"恐怕也有时会逼到非短兵相接不可的,这时候,没有法子,就短兵相接",而且真的对付过一群流氓,几支手枪,政府的通缉,在那"中国式的法西斯开始流行"的时代。我们怎么样呢?

二

鲁迅不是讲"斗争"吗?他就是"斗争哲学"!

鲁迅还主张打落水狗;他文章的题目就公然写着:"论'费

厄泼赖'应该缓行"。这是万恶的激进主义！

鲁迅临死前竟表示："我的怨敌可谓多点，倘有新式的人问起我来，怎么回答呢？我想了一想，决定的是：让他们怨恨去，我也一个都不宽恕。"多么可怕的至死不悟呵！"礼之用，和为贵！先王之道，斯为美！！""费厄泼赖"应该实行！！！

爱护鲁迅形象的人们，喜欢为鲁迅"辩诬"，常常为鲁迅"辩诬"。"斗争"不兴了，"激进主义"不好了。"宽恕"才是美德呀，于是又来辩诬，那方法不是说明事物的本身，主张的理由，而是寻找别一事物，别一主张，别一方面，"横眉冷对千夫指"是片面的，他还有"俯首甘为孺子牛"的一面呀！于是鲁迅总像个"十全老人"。

其实，鲁迅自己说得很清楚："斗争呢，我倒以为是对的。人被压迫了，为什么不斗争？"要指责鲁迅所主张的"斗争"不对，就必须直接回答鲁迅的这一提问。

在我们中国，这样的答案是早有了的："臣罪当诛兮天王圣明！"不过鲁迅以为这是"理想奴才"。

"一个活人，当然是总想活下去的，就是真正老牌的奴隶，也还在打熬着要活下去。然而自己明知道是奴隶，打熬着，并且不平着，挣扎着，一面'意图'挣脱以至实行挣脱的，即使暂时失败，还是套上了镣铐罢，他却不过是单单的奴隶。如果从奴隶生活中寻出'美'来，赞叹，抚摩，陶醉，那可简直是万劫不复的奴才了，他使自己和别人永远安住于这生活。就因为奴群中有这一点差别,所以使社会有平安和不平安的差别,而在文学上,就分明地显现了麻醉的和战斗的不同。"——鲁迅又这样说。

三

鲁迅逝世60年了,到今年的10月19日。

按照我们中国传统的说法,这是他的冥寿。也就是他仍然活着,不是在人间,而是在非人间,而且他已经"耳顺"了。那么,捧的,骂的,嬉皮笑脸的,什么意见他都能听得了。

按照我们中国传统的纪年,恰恰一个花甲。新一轮甲子接着就开始了。

这是真的。还是鲁迅自己说得实在:"其实我也不必多说了,我所要说,都在几十本著作里了。"

只要鲁迅的书在,而且有人读,比什么纪念都好。鲁迅早说过他"得了新的启示:凡纪念,'礼'而已矣"。

(摘自《读者》1997年第1期,有删节)

鲁迅与绍兴霉干菜

木 子

鲁迅先生很爱吃家乡的霉干菜。霉干菜,常称干菜,相传最早产于古代越州(绍兴),故称绍兴霉干菜。

当年鲁迅先生生活在外地时,他那生活在故乡的慈母,常远寄家乡的土产给鲁迅先生和孩子们。1935年3月15日,鲁迅先生自上海寄给他母亲的信中说:"小包一个,亦于前日收到,当即分出一半,送与老三(指周建人——笔者注)。其中的干菜,非常好吃,孩子们都很爱吃,因为他们是从来没有吃过这样的干菜的。"由此可见,鲁迅先生对于故乡所产的霉干菜是多么由衷的赞赏与喜爱。

现在,在绍兴与杭州的各大饭店里,都有干菜焖肉这一款美肴应市,但要吃肉酥烂味美的菜,非一时点菜所能制出,还是以家制的较为入味,因为可以从容不迫地制作。

(摘自《读者》1998年第2期)

让我一个人失眠

何 飞

鲁迅先生家的两个保姆,不知何故,发生了几次口角。先生受不了整日的吵闹,竟病倒了。隔壁的俞芳小姑娘不解地问:

"先生,你为什么不喝止她们呢?"

鲁迅微笑着说:"她们闹口角,是因为彼此心里都有气,口角虽然可以暂时压下去,但心里的那股'气'是压不下去的,恐怕也要失眠。与其三个人都失眠或两个人失眠,那么还不如让我一个人失眠算了。"

(摘自《读者》1999年第2期)

怀鲁迅

郁达夫

真是晴天的霹雳,在南台的宴会席上,忽而听到了鲁迅的死!

发出了几通电报,收拾了一夜行李,第二天我就匆匆跳上了开往上海的轮船。

二十二日上午十时船靠了岸,到家洗一个澡,吞了两口饭,跑到胶州路万国殡仪馆去,遇见的只是真诚的脸,热烈的脸,悲愤的脸,和千千万万将要破裂似的青年男女的心肺与紧捏的拳头。

这不是寻常的丧葬,这也不是沉郁的悲哀,这正像是大地震要来,或黎明将到时充塞在天地之间的一瞬间的寂静。

生死,肉体,灵魂,眼泪,悲叹,这些问题与感觉,在此

司徒乔图

地似乎太渺小了,在鲁迅死的彼岸,还照耀着一道更伟大,更猛烈的寂光。

没有伟大的人物出现的民族,是世界上最可怜的生物之群;有了伟大的人物,而不知拥护、爱戴、崇仰的国家,是没有希望的奴隶之邦。因鲁迅的一死,使人们自觉出了民族的尚可以有为,也因鲁迅之一死,使人看出了中国还是奴隶性很浓厚的半绝望的国家。

鲁迅的灵柩,在夜阴里被埋入浅土中去了;西天角却出现了一片微红的新月。

(摘自《读者》1999年第7期)

鲁迅的性格

曹聚仁

前几年,有一回,我答复一位比较知心的朋友的问话(他问我,究竟为什么到香港来的)道:"我是为了要写许多人的传记,连自传在内,才到香港来的。第一部,就是要写《鲁迅评传》。"这位朋友,还不十分了解我的苦心。其实,蔡邕临死时,也只想续成《汉书》,而黄梨洲、万斯同晚年唯一寄托就在编次《明史》。先前,我也还有埋首研究的雄心。而今,我恍然明白了,我若不赶快把所知道的有关鲁迅的情况写下来,它们很可能在转眼之间,就消失得干干净净了。我要把真实的事实,鲁迅的真面孔,摆在天下后世的人的面前。

写到这儿,似乎鲁迅坐在我的面前,我要笑着对他说:"你只能让我来写你了,因为你已经没有来辩论的机会了!"有一位替罗斯福作传的人说:"罗斯福不是个简单的人,将来会有许多记述罗斯福的书,但是不会有两本书对他作同样的描写的,因为不会有两个人从他的一生中看到过相同之处。而一切对于他的描绘,其种类之多,矛盾之甚,会是骇人听闻的。知道他,以及生活在他的时代的人们,都和他相处过于密切,并且对于他党派观念也太强,他们不是偏护他,便是反对他,因此,都缺乏必须具备的客观性。"我想,对于鲁迅,大概也是如此罢。

这儿,可以让我来谈谈他的性格了。我们且先听听鲁迅生前的一段话。他的这段话是从前人骂嵇康、阮籍开头的(鲁迅可说是千百年来嵇康、阮籍的第一个知己)。"人云亦云,一直到现在,一千六百年多。季札说:'中国之君子,明于礼义而陋于知人心。'这是确的,大凡明于礼义,就一定要陋于知人心的,所以古代有许多人受了很大的冤枉。……还有一个实证,凡人们的言论、思想、行为,倘若自己以为不错的,就愿意天下的别人、自己的朋友都这样做。但嵇康、阮籍不这样,不愿意别人来模仿他。竹林七贤中有阮咸,是阮籍的侄子,一样地饮酒。阮籍的儿子阮浑也愿加入时,阮籍却道不必加入,吾家已有阿咸在,够了。假若阮籍自以为行为是对的,就不当拒绝他的儿子,而阮籍却拒绝自己的儿子,可知阮籍并不以他自己的办法为然。至于嵇康,一看他的绝交书,就知道他的态度很骄傲的……但我看他做给他的儿子看的《家诫》——当嵇康被

汤小铭图

杀时,其子方十岁,算来当他做这篇文章的时候,他的儿子是未满十岁的——就觉得宛然是两个人。他在《家诫》中,教他的儿子做人要小心,还有一条一条的教训。有一条是说长官处不可常去,亦不可住宿;官长送人们出来时,你不要在后面,因为恐怕将来官长惩办坏人时,你有暗中密告的嫌疑。又有一条是说宴饮时候,有人争论,你可立即走开,免得在旁批评,因为两者之间必有对与不对,不批评则不像样,一批评就总要是甲非乙,不免受一方见怪。还有人要你饮酒即使不愿饮,也不要坚决地推辞,必须和和气气地拿着杯子。我们就此看来,实在觉得很稀奇；嵇康是那样高傲的人，而他教子就要他这样庸碌。因此，我们知道，嵇康自己对于他自己的举动也是不满意的，所以批评一个人的言行实在难。"这段话，我们仔细看一看，就可以知道他所启发的意义太深刻了。我们绝不能说是看了几部鲁迅的作品，几篇鲁迅的散文，就算了解鲁迅了。鲁迅表现在文章的是一面，而他的性格，也许正和文章所表现得完全不相同。那些要把鲁迅捧入孔庙中的人，怕不使鲁迅有"明于礼义而陋于知人心"之叹呢？

我曾经对鲁迅说："你的学问见解第一，文艺创作第一，至于你的为人，见仁见智，难说得很。不过，我觉得你并不是一个难以相处的人。"他也承认我的说法，依孟子的标准来说，他是属于"圣之清者也"。

鲁迅是一个"世故老人"，他年纪不大，但看起来总显得十分苍老。他自幼历经事变，懂得人世辛酸以及炎凉的世态，由自卑与自尊两种心理所凝集，变得十分敏感，所以他虽不十分欢喜"世故老人"的称谓，却也只能自己承认的。鲁迅曾对许广平说："我自己知道是不行的；我看事情太仔细，一仔细，即多疑虑，不易勇往直前。我又最不愿使别人做牺牲，也就不能有大局面。""醒的时候要免去若干苦痛，中国的老法子是'骄傲'与'玩世不恭'，我觉得我自己就有这毛病，不大好。……一，走'人生'的长途，最易遇到的有两大难关。其一是'歧途'，倘是墨翟先生，相传是恸哭而返的。但我不哭也不返,先在歧路头坐下,歇一会,或者睡一觉,于是选一条似乎可走的路再走,倘遇见老实人,也许夺他食物来充饥,但是不问路,因为我料定他并不知道的。如果遇见老虎,我就爬上树去,等它饿得走去了再下来,倘它竟不走,我就自己饿死在树上,而且先用带子缚住,连死尸也决不给它吃。但倘若没有树呢?那么,没有法子,只好请它吃了,但也不妨咬它一口。其二,便是'穷途'了,听说阮籍先生也大哭而回。我却也像在歧路上的办法一样,还是跨进去,在刺丛里姑且走走。但我也并未遇到全是荆棘毫无可走的地方过,不知道是否世上本无所谓穷途,还是我幸而没有遇着。二,对于社会的战斗,我是并不挺身而出的,我不劝别人牺牲什么之类者就为此。欧战的时候,最重'壕堑战',战士伏在壕中,有时吸烟,也歌唱,打纸牌,喝酒,也在壕内开美术展览会,但有时忽向敌人开他几枪。中国多暗箭,挺身而出的勇士容易丧命,这种战法是必要的罢。但恐怕也有时会逼到非短兵相接不可的;这时候,没有法子,就短兵相接。总结起来,我自己的对于苦闷的办法,是专与袭来的苦痛捣乱,将无赖手段当作胜利,硬唱凯歌,算是乐趣,这或者就是糖罢。但临末也还是归结到'没有法子',这真是没有法子(这也可说是他的阿Q精神)!"这些话,都是世故老人的说法。他的性格,正是从幼年的忧患与壮岁的黑暗环境中陶养而成的。芥川龙之介,他看了章太炎先生,比之为鳄鱼,我觉得他们师徒俩,都有点鳄鱼的气味的。

鲁迅有一回，因为悼念刘半农，因而连带说到陈独秀和胡适之的为人。他说："假如将韬略比作一间仓库罢，独秀先生的是外面竖一面大旗，大书道：'内皆武器，来者小心！'但那门却开着的，里面有几支枪，几把刀，一目了然，用不着提防。适之先生是紧紧的关着门，门上粘一条小纸条道：'内无武器，请勿疑虑。'这自然可以是真的，但有些人，至少是我这样的人，有时总不免要侧着头想一想。半农却是令人不觉其有武库的一个人，所以我佩服陈胡，却亲近半农。"这段论人文字，写得极好，而且就这么把他们3个都论定终身了。至于鲁迅自己的为人呢？我以为他是坐在坦克车里作战的，他先要保护起自己来，再用猛烈火力作战，它爬得很慢，但是压力很重。他是连情书也可以公开的十分精明的人，他说："常听得有人说，书信是最不掩饰，最显真面目的文章，但我也并不，我无论给谁写信，最初总是敷敷衍衍，口是心非的，即在这一本中，遇有较为紧要的地方，到后来也还是往往故意写得含糊些。"毕竟他是绍兴师爷的天地中出来，每下一着棋，都有其谋略的。

前人有一句爱用的成语："一成为文人，便无足观。"这句话，也许是一句感慨的话，也许是一句讽刺的话，我就一直没有看懂过。有一天，恍然有悟，文人自己有自己的王国的，一进入文艺王国，就在那个天地中历劫，慢慢和世俗这个世界脱节了，所以，世俗人看来，文人总是傻里傻气的，再了不得，也是看得见的。鲁迅也和其他文人一样，对外间的种种感觉是很灵敏的，他比别人还灵敏些；这些不快意的情绪，很容易变得很抑郁（自卑与自尊的错综情绪）。但我们把这种情绪转变为文学写了出来，经过了一次轮回，便把这份抑郁之情宣泄出去，成为创作的快感了！现代文人，还有一个便利的机会，便是笔下所写的，很快就见之于报刊，和千千万万读者相见，很快获得了反应；这又是一种新获的快感，对我们是一种精神上的补偿。古代文人，还有得君行其道一种野心，现代文人，就安于文艺王国的生活，并不以为"一成为文人，便无足观"的（萧伯纳并不羡慕丘吉尔的相位，他自觉得在文艺王国中，比丘吉尔更崇高些，也就满意了）。鲁迅可以说是道地的现代文人，他并不是追寻隐逸生活，他住在都市之中，天天和世俗相接，而能相忘于江湖，看起来真是恬淡的心怀。不过在文艺王国中，他的笔锋是不可触犯，他是不饶人的。有的人，以为鲁迅之为人，一定阴险狠鸷得很，不容易相处的。我当初也是这么想，后来才知道他对人真是和易近人情，极容易相处的。我觉得胡适的和气谦恭态，是一种手腕，反而使人不敢亲近；鲁迅倒是可以谈得上君子之交淡如水的。

孙伏园先生，他在中学时期，便是鲁迅的学生，后来，在北京、广州和鲁迅往来很密切，他曾说过一些小事，倒可以帮助我们了解鲁迅的性格。他说他们到陕西去讲学，一个月得了 300 元酬金。鲁迅和他商量："我们只要够旅费，应该把陕西人的钱，在陕西用掉。"后来打听得"易俗社"的戏曲和戏园经费困难，他们便捐了一笔钱给"易俗社"。西北大学的工友们，招呼他们很周到，鲁迅主张多给点钱，另外一位先生不赞成，说："工友既不是我们的父亲，又不是我们的儿子；我们下一次，不知什么时候才来。我以为多给钱没有意义。"鲁迅当面也不说什么，退而对伏园说："我顶不赞成他说的'下一次不知什么时候才来'的话，他要少给，让他少给好了，我们还是照原议多给。"君子观人于微，从这些小节上，可以看出他的真襟怀来！

伏园说鲁迅的家常生活非常简单，衣食住几乎全是学生时代的生活。他在教育部做了10多年事，也教了10多年书，可是，一切时俗的娱乐，如打牌、看京戏、上八大胡同，他从来没沾染过。教育部同仁都知道他是怪人，但他并不故意装出怪腔，只是书生本色而已。在北京那样冷的天气，他平常还是不穿棉裤的人；周老太太叫伏园去帮助他，他说："一个独身人的生活，绝不能常往安逸方面着想的。岂但我不穿棉裤而已，你看我的棉被，也是多少年没有换的老棉花，我不愿意换。你再看我的铺板，我从来不愿意换藤绷或棕绷，我也从来不愿意换厚褥子。生活太安逸了，工作就被生活所累了。"鲁迅很早就过非常简单的生活，他的房中只有床铺、网篮、衣箱、书桌这几样东西；什么时候要走，一时三刻，随便拿几件行李，就可以走了。伏园说，他和鲁迅一同出门，他的铺盖，都是鲁迅替他打理的（我想：这一种生活，还是和他早年进过军事学校有关的)。

我常拿着鲁迅的性格和先父梦岐先生相比,他们都是廉介方正的人;但先父毕竟是旧时的理学家,而鲁迅则是新时代的人。

(摘自《读者》2001年第11期)

另类的鲁迅

吴志翔

鲁迅带给我的阅读经验是任何一位作家都无法比拟的,在无数个寂寞的夜晚,我经常会习惯性地抽出《鲁迅全集》中的任何一本,翻到其中的任何一页,兴味十足地一行行读下来,有时候读出悲哀,有时候读出沉重,有时候又会读出笑声。我知道他有着一颗敏感却又坚实的心,他是一个注定要经受痛苦的灵魂,读得多了,也会感到这个老头儿的亲切,并且觉得他实在是一个很有意思的人。与很多中国人相比,他太不一样了,有人说他是个"异数",有人说他是个"怪人"。他绝对是中国知识分子群体中的一个"另类"。

这是个留胡子的人。他的胡子很有特点。刚从日本回来那几年,他的胡子是两头往上翘的,可是老被人看不惯,以为在模仿日本人。被人家弄得烦起来,他索性把胡子剪成隶书的"一"字,从此天下太平。这胡子是最切合他的,好像天生就该如此才对。他还很勇敢地把辫子剪了,可是付出的代价也颇大:他说走在街上,常被人冷笑、指点,其待遇比一个没有鼻子的人还要坏。他后来总是留着平头,他的发质硬,一根根往上竖立着,真是很有生气、很有个性的样子。在这方面他绝对是个时尚先锋——今日染发、留辫、光头一族,比起他来可差远啦。

他似乎生下来就是个老人。看他年轻时候的照片,唇上无须,不是那么能接受;中年时("五四"时期)穿着西装,留着往上翘的胡子,也不像。年轻时候他不算好看,可是年纪越大越顺眼,越有亲和感,虽然还是横眉怒目。这是一个幽默的老头儿。萧伯纳见到他后说他比想象中要漂亮,他回答:到老了会更漂亮。这个老头儿真是有意思极了。

鲁迅有一种冷幽默,那是属于一种精神气质的东西,谁也学不来的。甚至体现在文字上和生活中的那种幽默也很难效仿,比如一篇文章中他谈到看人不能只看一面,写道,我们不能因为英雄也性交,就尊其为"性交大师"。他还喜欢取外号,小时候就老这么干,长大了脾气不改,比如他把女生的哭叫作"四条",因为女生一哭,眼泪鼻涕一起下来也。再比如,他把许广平叫作"害马",甚至在给母亲写信时也会提上一笔,害马一切都好之类。

母親大人膝下敬稟者,多日未寫信了,想身體康健为念。上海天氣忽好忽壞,忽寒冷,經常換衣,事甚麻煩,惟尚能支持。男與上月底,因同出外受寒,发热氣喘,幸發見得快,醫生已到,在注射一針,始漸平復,後似林雲藹似的身,現已下痛復元,但精神力尚差,大約勿久即可復原,希勿念。海嬰則甚好,胖了起来。但因雅園中到师招呼我啼哭,至今命教遠送去学矣,初放不肯往来,云回到了雅園亦哭,此乃其小乖毛病;但不多大,现天漸暖,到下火之重耳,亦不要紧。此請

金安。

　　　　　　　　　男樹叩上　廣平海嬰同叩

　　三月二十日

鲁迅致母亲,1936年3月20日,上海

鲁迅爱穿长袍。这一点与林语堂不同，林是国内穿西装，国外穿长袍。与胡适也不同。对鲁迅相对矮小瘦弱的身材来说，袍子比西装合适。但他确实是太不修边幅了一点，于是经常有这么一个形象：他穿着长衫在灰尘中趔行，被一队威风凛凛的人马冲到路边，被电梯里的 boy 目为可疑之人，被药房里小伙计狗眼鄙视，被很多人视为鸦片鬼，被警察横加搜索翻遍行李……他也经常被看成日本人，回国时一个船夫就称赞他："先生中国话说得真好！"他说自己是中国人，船夫不信，说："先生真会开玩笑。"对这些，他好像并不太当回事，反而经常自我解嘲一番。其实，鲁迅是很懂得穿衣服的，对女人也有相当的审美眼光。有一次，许广平胡乱打扮萧红，鲁迅就好好地训了她一通。

鲁迅的趣味也比较有意思。他偏偏对碑帖感兴趣，还有文字学、木刻、漫画、图谱之类。小时候就喜欢描什么"山海经"，长大了以后写《朝花夕拾》，还要亲自动手画几幅"无常图"。每次寄书，他总是亲自动手，把书包裹得平整清爽。他还有很强的形式感，对书籍装帧特别讲究，常常是自己设计封面。他跟那种只会发议论、别的什么也干不了的文人形成鲜明对比，换了今天，他是典型的 DIY 一族。

他还对各种植物感兴趣，在他的影响之下，三弟周建人成了植物学家。其实他还喜欢养宠物。小时候是一只隐鼠，但是讨厌猫，因为长妈妈骗他说隐鼠是被猫吃了。他是拿棒子打过猫的。于是有人画了一幅他执棒打猫的漫画。

在吃的方面,他也跟很多人不一样,他喜欢吃甜食。有一回人家送了柿饼给他,他喜欢得不得了,还舍不得给别人吃呢,只有在女士来做客时才拿出来,因为女士们一般只吃一片两片也。他也喜欢吃硬的东西,不像一般文人喜欢喝点汤吃点羹。与中国文人酸腐气相反的还有,他不喜欢游山玩水,人在杭州教书,几乎没有出去看看西湖,以至于还弄错了雷峰塔与保俶塔。他也讽过那种文人,要么装模作样戴上斗笠背把锄头拍什么什么"荷锄图",要么像风波里那种乘着酒船经过村庄的酸腐文豪大发诗兴:"无思无虑,真是田家乐啊!"

他没有得到什么像样的学位,秀才好像是考上了的,但名次很靠后,那次考秀才的第一名是一个叫马一浮的人。鲁迅整个人感觉是很古旧的,但偏偏会德语、日语。尤其是他的思想新到让人吃惊的地步,比如在给青年人开必读书时说,青年人应该少读甚至不读中国书,因为读中国书总叫人沉下去,不想做事。而读外国书却总是会想做点事,中国书里虽然也有乐观,但那只是僵尸的乐观,而外国书里也有悲观,但那终究是活人的悲观。

虽然结婚较早,但是因为没有爱,他仍然过了十来年的独身生活。认识许广平相当长一段时间后,才鼓起勇气与她同居,可是并不与朱安离婚。他的儿子出生时,他已经快到50岁了。这跟一般中国人的思想又很不同,因为中国人是讲究

"不孝有三，无后为大"的。他又不忌讳谈死，能坦然地谈自己的死，他取过一个笔名叫唐俟，还给家取过一个名叫"待俟堂"，都是"等死"的意思。他写过一篇文章叫《死》，也立过一个著名的遗嘱，其中有大家熟知的"一个都不宽恕"。遗嘱中比较另类的内容还有：不要别人搞什么悼念活动，以免让成群的小人来谬托知己，而自己却无能为力（他在《野草》中写过一个英雄的悲哀——死后一只苍蝇在他的脸上爬来爬去，却动不了）；也不希望让一班无聊文人以此场合作为炫耀文墨的斗法场；还有劝名义上并非妻子的许广平"管自己生活，否则可真是糊涂虫"，至于自己呢，"赶紧埋掉，拉倒"；再有就是希望儿子做点实实在在的小事过活。

这是个不怕得罪朋友的人。这一点已经不用再多说什么了，感觉他好像是在跟整个文化界知识界为难。他是成拨成拨地得罪人，也难怪名声总是不够好，一辈子不怕处在骂与被骂的中心，处在被所谓正人君子或绅士淑女们皱眉的境地，这是需要很大的胆识和胸襟的。随手一列，他骂过或者冷嘲热讽过的人有吴稚晖、陈源、徐志摩、章士钊、胡适、林语堂、梁实秋、郭沫若、周扬、成仿吾、章克标、邵洵美等，与他打过一点笔墨官司的人里甚至还有夏衍、朱光潜、李四光、施蛰存等。他跟林语堂闹翻是在一次吃饭时，因为感觉林语堂话中有讽意，当场站起说："我要声明！"两人于是吵起来，鲁迅这么做是很煞风景的，于是据说在场的女士们都开始皱着眉头哼哼叽叽了,感觉鲁迅此人真无趣也。

但是鲁迅的脾气这么不好是因为什么?因为当时的中国实在是一个巨大的垃圾堆,苍蝇成群,蚊子成团,一些所谓知识者一直不断地在叽叽歪歪,心情怎么好得了?有好心情的人才是变态的种!何况相比之下鲁迅被骂得更多更狠!鲁迅他是想改变啊!那些好脾气的先生们,又有哪一个会为一个粪厂的工人被诬杀而辩护?哪一个会为一个无名的学生被虐杀而愤怒?读鲁迅的《保留》《纪念刘和珍君》等,常使我忍不住泪下。

鲁迅甚至与自己的兄弟周作人也闹翻了,这是鲁迅心里最大的疼痛。要知道多年以来鲁迅为这个弟弟付出了多少!而且他不但把周作人当成弟弟,更是引为知己的。他们本该是属于那种一起在严寒中互相取暖的兄弟,他还一直把这个弟弟视为骄傲,可是他们两人居然成为仇敌。鲁迅为此大病一场,可见他的心痛。兄弟失和后,很多无聊文人又得到了证据,在那儿嗡嗡地议论,说你看鲁迅这人不是疯狗是什么,鲁迅不辩解,他不屑于这么做,他在一篇文章中写道:一个人一旦处在需要为自己辩解的时候,他的地位就已经非常屈辱。

他无法不讨厌那个所谓的知识阶层,尤其厌恶无聊文人,所以他对青年说:"要什么乌七八糟的鸟导师!"他喜欢给部队里质朴的军人作演讲,还说他倒更喜欢听听大炮的声音。在南京水师学堂求学时他就想过当海军,当时还喜欢骑马,留学日本期间,他本来受命回国刺杀某大员,但是临时动摇,说家中有老母需要照顾，推掉了。平时很少表现自己的鲁迅还曾跟许广平等北师大女生们吹牛，说他的枕下就放着一把剑。纵观当时文士，无人能有他的那种斗争姿态，有人说鲁迅的骨子里是个旧式的士大夫，但我看，他更像个中国老式的刺客，或者日本的浪人、武士。他写过《铸剑》，其中的黑色人宴之敖者应该是他自况（鲁迅也用"宴之敖者"做过自己的笔名）。

鲁迅的另类使他很难见容于当时的社会。我写鲁迅，虽有游戏笔意，但心中其实含着苦涩。我本是个感性的人，屡为鲁迅那些理性、严谨的著作中偶尔流露出的伤感、悲凉乃至绝望而深深叹息。在《鲁迅全集》第一册的扉页上我写了这么一句话："此生只为先生流泪。"我不知道自己为什么一点也不感到羞愧，也许因为他是一个承受太多、付出太多的人，也许是因为本能地把他视为一位能理解青年内心苦闷的长者。他厌恶虚伪，不懂装饰，而他又那么敏锐，能直接抵达我们的内心，所有的骚动和不平……

（摘自《读者》2002年第1期）

鲁迅:吃了也不嘴软

阿 健

鲁迅一生共演讲过60多次,却从未因场面需要改变自己的谈话风格。

1924年7月,鲁迅到西北大学演讲,讲题为《中国小说的历史的变迁》。其间,陕西省省长、军阀刘镇华邀请鲁迅为驻扎在西安的陆军下级军官演讲,目的是让鲁迅在讲演中对他的"政绩"推崇一番,以抬高自己的威信。鲁迅在受邀同时指出:"我向士兵讲是可以的,但是我要讲的题目仍然是小说史,因为我只会讲小说史。"结果,鲁迅为官兵上了一回小说课,刘军阀的目的落空了。

1927年1月23日,鲁迅应广州世界语学会邀请前往演讲。一位姓黄的组织者为了能让鲁迅应允演讲,对鲁迅恭维了

蒋敦明图

一番,说鲁迅在北京时就曾极力提倡世界语,鲁迅连忙否认,说那是周作人,不是他。第二天开会,黄登台致辞,又恭颂鲁迅以前提倡世界语之功,即请鲁迅演说,而鲁迅一登台就又声明那是周作人,不是他。鲁迅的认真足以让热心的组织者"难为情"。

而最能见出鲁迅风范的,是1926年11月在厦门集美大学的一次演讲。据史料记载,当时的集美大学校长叶渊请鲁迅和林语堂一同前往。办学方针趋于保守的叶渊,自知鲁迅是一位"思想前进的文人",为了不使鲁迅的演讲与自己的观点相左,特地先请鲁迅"一些好点心吃,然后才带他进礼堂"。但鲁迅登台就讲道:"我在厦门的时候,听说叶校长办学很拘束,学生极不自由,殊不敢加以赞同。……刚才叶校长又请我吃面。吃了人家的东西,好像要说人家的好话,但我并不是那样的人,对于叶校长办学的方法之错误,以及青年身心的发展,和参加社会的活动之必要等等,我仍旧是非说不可的。"

鲁迅无论在西安、厦门、广州,演讲大多是被人一再邀请之后前往。场面之热烈,待遇之优厚显而易见,但鲁迅先生身处恭维、殷勤的包围圈,头脑却始终保持清醒,言论绝不受时势左右,只说自己"要说的话"。"吃了别人的嘴不软"的态度,是一个活生生的例证。

(摘自《读者》2002年第20期)

朱安：鲁迅身后被遗忘的女人

水 影

母亲的一件礼物

1906年7月6日（光绪三十二年农历丙午六月初六），浙江绍兴的没落户周家正在为其大公子成婚。周家的大公子不是别人，正是日后享誉文坛的鲁迅。在那个时代看来，这场婚礼不过是一对新人普通生活的开始，然而这却是历史上一个男人和一个女人悲剧的开始。

婚礼完全是按旧的烦琐仪式进行的。鲁迅装了一条假辫子，从头到脚一身新礼服。周家族人都知道鲁迅是新派人物，估计要发生一场争斗，或者还会酿成一种出人意料的奇观，于是便排开阵势，互相策应，七嘴八舌地劝诫他。然而让他们想

宋德禄图

不到的是,一切都很正常,司仪让鲁迅干什么,他就干什么,就连鲁迅的母亲也觉得很异常。

轿子来了,从轿帘的下方先是伸出一只中等大小的脚,这只脚试探着踩向地面,然而由于轿子高,一时没有踩在地面上,绣花鞋掉了。这时,一只真正的裹得很小的脚露了出来。原来,这位姑娘听说她的新郎喜欢大脚,因此穿了双大鞋,里面塞了很多棉花,想讨新郎的欢心,没想到刚上场就败露了。这似乎预示着她以后一生的不幸。

一阵忙乱之后,鞋又重新穿上了。姑娘终于从轿子里走了出来。她身材不高,人显得瘦小,一套新装穿在身上显得有些不合身。在族人的簇拥和司仪的叫喊声中,头盖被揭去了。

鲁迅这才第一次打量他的新娘。姑娘的面色黄白,尖下颏,薄薄的嘴唇使嘴显得略大,宽宽的前额显得微秃。新人朱安是鲁迅本家叔祖周玉田夫人的同族,平日似乎跟鲁迅的母亲谈得挺投机,亲戚们都称她为"安姑",大鲁迅3岁。

完婚的第二天,鲁迅没有按老规矩去祠堂,晚上,他独自睡进了书房。第三天,他就从家中出走,重新到日本去了。

原来,25岁的鲁迅其时正在日本东京开始他的文学活动,忽然家里接二连三地催促他归国,有时一天来两封信,说是他母亲病了。待鲁迅焦灼不安地回到故乡,才知道这是一场骗局。原来他家里听到一种谣言,说鲁迅跟日本女人结了婚,还领着孩子在东京散步,因此急着逼他回国完婚。

朱安在新房中独自做着各种各样的猜测,眼泪不停地流着,她不知所措,不知自己做错了什么。作为一个旧时代的女人,没有文化的女人,在这场婚姻中,她一开始就处于最被动的地位。从这一天起,她的命运就和周家联系到了一起,然而她名义上的丈夫的一切又似乎与她无关。鲁迅仅仅跟她维持着一种形式上的夫妻关系。她在绍兴陪伴婆婆孤寂地度过了13个年头。

痛苦对双方都是重创。鲁迅多次对友人说:"她是我母亲的太太,不是我的太太。这是母亲送给我的一件礼物,我只负有一种赡养的义务,爱情是我所不知道的。"

41年的婚姻一片荒漠

1919年11月，绍兴老屋由新台门六房联合出卖给绍兴大地主朱阆仙，母亲、朱安和周建人一家需要北上，同时周作人一家也来到北京，于是鲁迅买了北京西直门内八道湾11号这一处院子，全家搬了进去，建立了一个大家庭。这所宅院是那种老式的三进院，外院是鲁迅自己住以及门房和堆放书籍杂物的仓房，中院是母亲和朱安住，里院一排正房最好，是周作人和周建人两家分住。

全家虽然团聚了，然而鲁迅与朱安仍然形同路人。鲁迅也考虑过离婚，但那个年代，被休的女人是备遭人们鄙夷和唾弃的，情形大都十分悲惨。

1923年夏，鲁迅和周作人兄弟二人反目。在这种情况下，鲁迅决定搬家。鲁迅征求朱安的意见：是想回娘家还是跟着搬家？朱安坚定地表示，愿意跟着鲁迅。

几个月后鲁迅买了阜成门内西三条胡同21号的住宅，搬了进去。不久，周老太太也搬出八道湾同大儿子同住。

家庭经济开支交朱安掌管。主持家务的朱安每天只有早午晚同鲁迅有三句日常的、每天一样的对话，此外，他们就很少有能够一起叙谈的可能了。她爱丈夫，忠诚于丈夫，一切寄托于丈夫身上，但是她不懂得他的心，不懂得他的事业。他们甚至将一只箱子和箱盖分两处摆放，一处放洗好的衣服，一处放要洗的脏衣服，为的是将接触减到最少。

虽然她的内心十分痛苦，但她对鲁迅，对许广平毫无怨恨之意，她对别人提起大先生，总是反复说，大先生对她不错。

鲁迅每次买回点心来，总是先送到母亲那里，请她老人家挑选，次即送朱安，由她挑选，然后拿回自己吃用。

朱安在感情上是十分孤独的。有一次她向周老太太说她做了一个梦，梦见大先生领着一个孩子来了，她说梦时有些生气，但周老太太对朱安的生气不以为意。因为周老太太对自己的大儿子和许广平的事还是很高兴的，并且早就盼望有一个小孩在跟前"走来走去"。朱安不无悲凉地说，大先生一天连句话都不和她说，她又怎么会有自己的孩子呢？

后来听说许广平有了身孕，朱安绝望了，她认为即使大先生不喜欢她，她像蜗牛一样慢慢地爬，总会爬上去。现在连这个机会也没有了，她只好侍奉娘娘（周老太太），给娘娘养老送终了。但她毕竟是个善良单纯的女性，不久，她就释然，对人说，大先生的儿子也是她的儿子，等她百年后，她的儿子自然会给她斋水，不会让她做孤魂野鬼的。

孤独地来孤独地去

1936年鲁迅先生去世后，朱安和周老太太的生活主要由许广平负担，周作人也按月给一些钱。但周老太太病逝后，朱安就拒绝了周作人的钱，因为她知道大先生与二先生合不来。由于社会动荡,物价飞涨,朱安的生活十分清苦,每天的食物主要是小米面窝头、菜汤和几样自制的腌菜,即使这样,也常常难以保证。

朱安生活困难的消息传到社会上后,各界进步人士纷纷捐资,但朱安始终一分钱也没有拿。她宁愿受苦,也不肯轻易接受别人的馈赠。一次,有个报馆的人愿赠她一笔钱,条件是只要交给他鲁迅的遗作。她当场表示"逊谢不收"。同时也拒绝提供鲁迅先生的任何文稿字迹。不久,又有个艺术团体的理事长要送她一笔钱,她"亦婉谢"。她说自己的生活"虽感竭蹶,为顾念汝父名誉""故宁自苦,不愿苟取"。这反映出,她是个有原则的人,是一个有骨气的女人。正是由于朱安的悉心照料,鲁迅在北京的故居和遗物才得以完整保存。

朱安将许广平看作姐妹,视周海婴如己出。周海婴在书中不无深情地回忆道,鲁迅先生逝世的当月,朱安就托人转告他们母子,欢迎他们搬去北平与其同住。她说:"许妹及海婴为堂上所钟爱,倘肯朝夕随侍,可上慰慈怀,亦即下安逝者。"她"当扫住相迓,决不能使稍有委曲(屈)",还愿意"同甘共苦扶持堂上,教养遗孤",她不但将他们母子两人的住房都做了安排,甚至还说"倘许妹尚有踌躇,尽请提示条件",她"无不接受"。她的为人坦荡和对许广平母子二人的体贴,周海婴多年之后提起仍感怀不已。

对于周海婴,朱安表现出慈母般的关爱。当海婴十五六岁时，她开始直接给他写信。有一次在信中提出："你同你母亲有没有最近的相片，给我寄一张来，我是很想你们的。"直至病危临终前，她还念念不忘他们母子俩。从心里她是把海婴当作了自己的香火继承人。她爱她的大先生，她忠于她的大先生，她将大先生的亲人当作了自己的亲人。

临终前，她泪流满面地说，希望死后葬在大先生之旁。她想念大先生，也想念许广平和海婴。

1947年6月29日凌晨，朱安孤独地去世了，身边没有一个人。

朱安的墓地设在西直门外保福寺处，没有墓碑。她在这个世界上生活了69个春秋，孤独地度过了40多年的漫漫岁月。在她的人生悲剧中，所有的人都没有过错，错的是那个时代。

（摘自《读者》2002年第24期）

鲁迅骗人

摩 罗

隆冬时节的一个夜晚,在上海一家电影院门口,一个十二三岁的女孩儿拦住了一位老人,向他募集救助水灾灾民的捐款。这位老人说没有零钱,女孩感到十分失望。老人看见她失望的模样,不忍心一走了之。他带着女孩进了电影院,买过票之后,给了她一块钱。女孩儿非常高兴,她认真地给老人写了一张收条,说只要拿着这收条,在别处就无须再捐款了。

那个小女孩儿也许早就忘记了这一幕,但是老人却在1936年2月,用日文记下了当时的感慨。

其实鲁迅早就听说,那些遭水灾的难民,在成群地逃到安全地带时,已经被当局用机枪扫射掉了,理由是怕他们有害治安。可是,一个小女孩儿,怎么能理解这样奇怪的事实呢?鲁迅只有独立承担这样的悲哀。

虽然这是自欺欺人,但至少可以让那位小女孩儿高兴。鲁迅就此说,我要骗人。

一个太仁慈的人,在这种情况下不得不以骗人维持他的仁慈。

(摘自《读者》2005年第16期)

记忆中的父亲

周海婴

父亲鲁迅先生离开我们已经整整70年了。

1936年10月19日清晨，7岁的我从沉睡中醒来，觉得天色不早，阳光比往常上学的时候亮多了。我十分诧异：保姆许妈为什么忘了叫我起床？我连忙穿好衣服，这时楼梯上响起了轻轻的脚步声，许妈来到三楼，只见她眼圈发红，却强抑着泪水对我说："爸爸没了，侬现在勿要下楼去。"我没有时间思索，不顾许妈的劝阻，急忙奔向父亲的房间。父亲仍如过去清晨入睡一般躺在床上，那么平静，那么安详，好像经过彻夜的写作以后，正在作一次深长的休憩。母亲流着泪，赶过来拉住我的手，紧紧地贴住我，像是生怕再失去什么。我只觉得悲哀从心头涌起，挨着母亲无言地流泪。父亲的床边还有一些亲友，也在静静地等待，似乎在等待父亲的醒来。时钟一秒一秒地前进，时光一点一点地流逝，却带不走整个房间里面的愁苦和悲痛……

70年过去，这个场面在我的脑海里还是很清晰，仿佛可以触摸。在我幼年的记忆中，父亲的写作习惯是晚睡迟起。早晨不常用早点，也没有在床上喝牛奶、饮茶的习惯，仅仅抽几支烟而已。我早晨起床下楼，蹑手蹑脚地踏进父亲的房间，他床前总是放着一张小茶几，上面有烟嘴、烟缸和香烟。我取出一支香烟插入短烟嘴里，然后大功告成般地离开，似乎尽到了极大的孝心。每次许妈都急忙地催促我离开，怕我吵醒"大先生"。偶尔，遇到父亲已经醒了，他只眯起眼睛看着我，也不表示什么。就这样，我怀着完成一件了不起的大事一样的满足心情上幼稚园去。

曾有许多人问过我，在对我的教育问题上，父亲是否像三味书屋里的寿老先生那样严厉，比如让我在家吃"偏饭"，搞各种形式的单独授课；比如每天亲自检查督促作业、询问考试成绩，还另请家庭教师，辅导我练书法、学音乐；或者在写作、待客之余，给我讲唐诗宋词、童话典故之类，以启迪我的智慧……总之，凡是当今父母能想得到的种种教子之方，都想在我这里得到印证，我的答复却每每使对方失望。因为父亲对我的教育，就如母亲在《鲁迅先生与海婴》里讲到的那样："顺其自然，极力不多给他打击，甚或不愿多拂逆他的喜爱，除非在极不能容忍、极不合理的某一程度之内。"

听母亲说，父亲原先不大喜欢看电影。在北京期间不要说了，到了广州，也看得不多。有一次虽然去了，据说还没有终场，便起身离去。到上海以后，还是在叔叔和其他亲友的劝说下，看电影才成了他唯一的一种娱乐活动。

我幼年很幸运，凡有适合儿童的电影，父亲总是让我跟他同去观看，或者也可以说是由他专门陪着我去看。有时候也让母亲领着我和几个堂姊去看《米老鼠》一类的卡通片。由看电影进而观马戏。有一次，在饭桌上听说已经预购了有狮、虎、大象表演的马戏票，时间就在当晚，我简直心花怒放，兴奋不已。因为那是闻名世界、驰誉全球的海京伯马戏团的演出。按常规，我以为这回准有我的份儿，就迟迟不肯上楼，一直熬到很晚，竖起耳朵等待父母的召唤。谁料当时父亲考虑到这些节目大多为猛兽表演，且在深夜临睡之际，怕我受到惊吓，因此决定把我留在家里，他们则从后门悄悄走了。当我发现这一情况后，异常懊丧，先是号啕大哭，后是呜咽悲泣，一直哭到蒙蒙地睡去。事后父亲知道我很难过，和善而又耐心地告诉我他的上述考虑，并且答应另找机会，特地白天陪我去观看一次。因而他1933年10月20日的日记中，就有这样一条记载："午后同广平携海婴观海京伯兽苑。"虽然我们参观时没有什么表演，只看了一些马术和小丑表演的滑稽节目，不过我已算如愿以偿，以后也就不再成天嚽嘴嘟嚷不休了。

鲁迅与海婴

我幼时的玩具可谓不少，而我却是个玩具破坏者，凡是能拆卸的都拆卸过。目的有两个：其一是看看内部结构，满足好奇心；其二是认为自己有把握装配复原。那年代会动的铁壳玩具，都是边角相勾固定的，薄薄的马口铁片经不起反复弯折，纷纷断开，再也复原不了。极薄的齿轮，齿牙破蚀，即使以今天的技能，也不易整修。所以，在我一楼的玩具柜中，除了实心木制拆卸不了的，没有几件能够完整活动的，但父母从来不阻止我这样做。

叔叔在他供职的商务印书馆参加编辑了《儿童文库》和《少年文库》。这两套丛书每套几十册，他一齐购来赠给我。母亲把内容较深的《少年文库》收起来，让我看浅的。我耐心反复翻阅了多遍，不久翻腻了，就向母亲索取《少年文库》，她让我长大些再看，而我坚持要看这套书。争论的声音被父亲听到了，他便让母亲收回成命，从柜子里把书取出来，放在一楼内间我的专用柜里任凭取阅。这两套丛书，包含文史、童话、常识、卫生、科普等等，相当于现在的《十万个为什么》，却偏重于文科。父亲也不问我选阅了哪些，更不指定我要看哪几篇、背诵哪几段，完全"放任自流"。

在我上学以后，有一次父亲因为我赖着不肯去学校，卷起报纸假意要打我屁股。但是，待他了解了原因，便让母亲到学校向教师请假，并向同学解释：确实不是赖学，是因气喘病发作需在家休息，你们在街上也看到的，他还去过医院呢。这才解了小同学堵在我家门口,大唱"周海婴,赖学精,看见先生难为情"的尴尬局面。我虽然也偶尔挨打挨骂,其实父亲只是虚张声势,吓唬一下而已,他在给我祖母的信中也说:"打起来,声音虽然响,却不痛的。"又说:"有时是肯听话的,也讲道理的,所以近一年来,不但不挨打,也不大挨骂了。"这是1936年1月,父亲去世的前半年。

父亲在世时,我还是个调皮爱玩的懵懂孩童。父亲的生活起居、写作待客,我虽然日日看到听到,父亲与朋友之间的谈话,我每每在场,他们也并不回避我。我对他们交谈的内容偶尔发生兴趣,其实他们究竟说的什么,我也不甚了然。对于孩子的未来,父亲自然是希望"后来居上"的,但他也写下了为很多人熟知的遗嘱:"孩子长大,倘无才能,可寻点小事情过活,万不可去做空头文学家或美术家。"父亲的意思很清楚,宁可自己的孩子做一个能自食其力的劳动者,也不要做那种徒有虚名、华而不实之徒。如今我已年近八旬,一生只是脚踏实地地工作,为社会尽一份绵薄之力,就此而言,自觉也并没有辜负父亲的期望。

(摘自《读者》2006年第24期)

鲁迅的另类宠物

薛林荣

留意民国文人的宠物，是一件超乎文学本身，却又与文学唇齿相依的有趣的事情。

1912年至1919年，生活在绍兴会馆中的周树人不名一文，那时候他还不叫鲁迅，他就像一柄未出鞘的钝剑，显得极其脆弱、孤独和另类。这一时期的鲁迅，日常生活近于隐居修行，他读佛经，拓古碑，抄嵇康，除此之外，还煞有介事地养着宠物！

鲁迅的宠物，比起八旗子弟的遛鸟斗蛐蛐儿，另类得简直像摇滚乐中的"耶稣与玛利亚锁链"（The Jesus & Mary Chain），相比较而言，八旗子弟们的宠物，则通俗、平庸得像小虎队了。

鲁迅的宠物是壁虎。

确切记述鲁迅养壁虎之事的,是鲁迅先生讨厌的一个人,叫章衣萍,他在《枕上随笔》中写道:

> "壁虎有毒,俗称五毒之一。但,我们的鲁迅先生,却说壁虎无毒。有一天,他对我说:'壁虎确无毒,有毒是人们冤枉它的。'后来,我把这话告诉孙伏园,伏园说:'鲁迅岂但为壁虎辩护而已,他住在绍兴会馆的时候,并且养过壁虎的。据说,将壁虎养在一个小盒子里,天天拿东西去喂。'"

章衣萍(1900—1947),又名洪熙,安徽绩溪人,因筹办《语丝》,和鲁迅过从甚密。但在鲁迅眼里,章衣萍实在是个无聊的人,他先是出过一册《情书一束》,后来马不停蹄又出了一册《情书二束》。这两册书是什么样的书呢?姜德明著的《书味集》中称:"这种似小说又非小说的文字算不得什么文艺创作,除了宣扬有妇之夫和有夫之妇可以乱爱之外,要么就是写嫖娼和色情。"鲁迅看到章衣萍的《情书二束》后,讽刺地说,他也要出一本书,名字都起好了,叫《情书一捆》。鲁迅最后真的把他和许广平的书信出版了,但名字叫《两地书》。众所周知,此书成为中国现代文学史上的经典,而章衣萍的那两束情书,早已灰飞烟灭,无人知晓。在《两地书》中,鲁迅把章衣萍化名为"玄清",称章"目光如鼠,各处乱翻""到我

秦胜洲图

这里来是在侦探我"。据鲁迅先生说,有时章衣萍来到西三条,让至客厅里坐会不高兴,非要挤进北屋一探"老虎尾巴"里的"秘密"不可。

就是这样一个惹人讨厌的作家,他的侦探,使我们了解到了鲁迅鲜为人知的一面,不能不说是章衣萍歪打正着地为鲁迅研究者提供了珍贵资料,使得后世的传记作家可以从容地铺陈鲁迅在绍兴会馆中的一些生活细节,如钮岱峰在《鲁迅传》里写道:"补树书屋毕竟太古旧了。严密少窗的北方民居有时以阴凉见长,而在真正的闷热来袭之时,却显出更加深重的压抑憋闷感。这儿壁虎很多,周树人发现它并非像人们所说的那样是五毒之一。在夏天里,他甚至养起了壁虎,养在小盒子里,而设法捉一些蚊蝇之类喂它。抄写石碑疲倦的时候,周树人往往会受不了老屋的闷热,到古槐树下手摇蒲扇纳凉。"

钮岱峰为鲁迅作传的宗旨是"作传的客观化",追求"和谐",因为他认为"只有和谐才能接近历史的真实"。从上述有关鲁迅养壁虎的细节看,钮岱峰对绍兴会馆环境的描写还是很到位的,壁虎成了复原真实的鲁迅的参照物。

鲁迅先生饲养壁虎之事,成为他在绍兴会馆中的一个特殊符号。著名书法家沈尹默于20世纪50年代写的《追忆鲁迅先生》诗云:"雅人不喜俗人嫌,世顾悠悠几顾瞻。万里仍旧一掌上,千夫莫敌两眉尖。窗余壁虎干饭香,座隐神龙冷紫髯。四十余年成一瞬,明明初月上风帘。"诗中,"窗余壁虎干饭香,座隐神龙冷紫髯"之句，使我们看到了屏息、静养、面壁、磨剑、修炼时的鲁迅。这是一个时代的沉默，是沉默中的一个时代，鲁迅，他就像地层下的即将爆发的岩浆，正在等待合适的温度冲天而出。

鲁迅为什么要养这么另类的宠物呢？

其实在人类宠物饲养史中，以丑为美的审美向度一直存在。斯芬克斯猫全身无毛，眼神恐怖，看了让人起鸡皮疙瘩，但在欧洲它可是一些爱猫者梦寐以求的珍品；沙皮狗头大嘴阔，看上去像袖珍版的河马，身上的褶皱多得简直像百褶裙，却也让它的主人们如痴如醉。德国科学家近两年得出结论，认为人类对蜘蛛、蛇等动物的恐惧，源于原始社会先民的"苦难记忆"。但是，让人恐惧的动物身上往往有一种超越了常规向度的美，使人欲罢不能。动物学家汤姆逊这样评价蟾蜍："有一种难于发觉的美，也有一种易于发觉的美，蟾蜍的美就难于发觉。不过，假如我们征询几位精于审美的美术家们，他们一定会毫不迟疑地赞同蟾蜍的美。"也许正像汤姆逊发现了蟾蜍的美一样，鲁迅发现了壁虎的美，并成为养爬行宠物的鼻祖。鲁迅养壁虎的同时，十分讨厌猫、狗等常规宠物。鲁迅笔下的狗，要么是叭儿狗，要么是落水狗，要么就是"丧家的资本家的乏走狗"，总之没一句好话。鲁迅的仇猫也是出了名的，究其原因，一是它的性情和别的猛兽不同，凡捕食雀、鼠，总不肯一口咬死，定要尽情玩弄，放走，又捉住，捉住，又放走，直待自己玩厌了，这才吃下去，颇与人类幸灾乐祸、慢慢地折磨弱者的坏脾气相同；二是它虽和狮虎同族，却有一副媚态。于是，听到猫叫春，鲁迅就用长竹竿去攻击它们。当然，这是题外话了。

鲁迅的特殊宠物观与鲁迅的绍兴会馆时期联系起来看，才具有某种能指的价值。

把壁虎作为宠物的鲁迅，在绍兴会馆中是孤独、苦闷、彷徨的，壁虎是他生活情趣的一部分。他经常聚众夜饮，一街之隔的"广和居"，一年中就去了二十余次。绍兴会馆时期，是这位清醒的智者一生中蓄积能量的蛰伏期。这一时期的鲁迅，真正理解了黑暗中人性的挣扎，理解了他此后专题演说的阮籍、嵇康之流的魏晋风度，他的个性也逐渐露出端倪：叛逆性格、批判精神和烈士风度。

一个手无寸铁的书生，马上要告别他的宠物壁虎，融入伟大的"五四"时代，成为新文化运动最坚定的旗手和最优秀的男高音！

（摘自《读者·原创版》2007年第2期）

神未必这样想

落婵

1925年10月的一天晚上，在鲁迅的工作室里，27岁的许广平握住了鲁迅的手，她准备将自己坚定地交付给面前这个瘦小的男人。当他依旧犹豫不决的时候，她用他曾经讲过的故事对他说：虽然所有人都认为我们不相称，可事实上，"神未必这样想"。

沉默半晌之后，终于，他对她说："你战胜了！"

从此，她给了他最纯真的爱情，尽管委身于他的时候，他不但家庭负担沉重，而且面临着被通缉的危险；尽管她比他整整小了18岁，而且最让世人难以释怀的是，他从来没给过她名分，一直到死。然而世俗的目光并没能阻止她对他的爱情，虽然别人不认可她，他却说："我对于名誉、地位，什么都不要,只要她就够了。"而这,于一个爱他的女人,也就够了。

她爱他却并未将他当神一样敬着,而是一直以自己的方式爱着这个男人。在她的眼里,"他的一切都那么可爱:褪色的暗绿夹袍,褪色的黑马褂,差不多成了同样的颜色。肘弯上、裤子上、夹袍内外的许多补丁,闪耀着异样的光彩,好似特制的花纹,皮鞋上也满是补丁。那些补丁一闪一闪,像黑夜中的满天星斗,熠熠耀眼……"

看,在一个爱他的女人的眼里,别人看似乞丐样的先生,于她,却是发光生辉的。

于是,她用了毕生的心血去追随他,给他当助手,为他放弃工作,为他生子,为他外出避难,为他料理后事……

然而,那个年代,这样的爱情毕竟算不上光明正大,甚至80多年后的今天,依旧有人对她与他的爱情一笔带过,而更加愿意叙述的,是他犀利的文笔与言辞。可是,又有谁能埋没她对他的重要呢?如果没有她,他不会在与她结合的10年间完成生命中最轰轰烈烈的著作,这些著作,比他过去20年成就的总和还要多。提起许广平的时候,人们也尊称她为先生,她的成就也为众人所承认,唯独,对于她跟他的生活,却愿意忽略,仿佛旧上海的那个小楼里住着的一对恋人,与鲁迅、许广平这两个名字无关。

虽然,她坚强智慧,但是,终究是女子,这样的境遇并非她所愿。只不过她明白,那个远在北京的女人,只不过是他母

李晨图

亲的选择，而不是他的。他的痛苦，疼在她的心底。这样的方式是她能与他长相厮守的唯一办法。她虽无法改变自己的名分，却能让他拥有温暖的爱情。她尽心做着他的无私后盾，照顾着他的衣食起居，最终，他在她的怀里走完了自己的一生。可以说，他是幸福的，生命虽然短暂，可是他得到了他一生该得到的全部。只是，当他扔下她及他们的儿子独自离去的时候，将苦难留了下来。她虽然悲痛，却依旧不忘他未完成的事业，她成了他生命的延续。

她将他的杂文编辑出版，书写大量纪念他的文章。为了保护他的全部遗稿，在上海沦陷后，她依然留了下来并继续为他出书，即使在被日本宪兵严刑逼供的时候，她依然坚强不屈捍卫着他的精神。

1968年3月3日，早春的北京，她在初次与他牵手的城市，带着终生对他的爱情走完了自己的一生，留给世人的是他不朽的辉煌。她用她一生为那句"神未必这样想"做了最好的注解。

（摘自《读者》2007年第9期）

战士的葬仪

陈白尘

还没到送殡的时候，万国殡仪馆的门已经要胀破了。人像决了口子的水，只顾往里冲。进来的就不再出去。草地上挤满了人，甬道上挤满了人，门外马路上更挤满了人——人们一边排好队等候送殡，一边练习着挽歌：

"哀悼鲁迅先生……"声音颤动着。

刚来的还朝里拥。焦急地，但沉默地翘起头，恨不能一步跳到鲁迅先生的灵前。签名处被压到人缝里去了，替人缠黑纱的职员，被人拥来拥去，抓住一把黑纱在空着急。摄影机在人头上跑，治丧处的职员埋着头在人缝里钻。总指挥的嗓子嘶哑了，还在指挥人们排队。只有3个印度巡捕，骑着高头骏马，很悠闲地逡巡着。

草地上尽是人头，挽联都挨挤得紧抱住树枝。忽然，一阵巴掌响，礼堂台阶上出现了一个人。

什么声音都停止了。只听得台阶上叫："……诸位！现在需要扛挽联的160人！扛花圈的100人！愿意替鲁迅先生扛挽联的，请站在草地的左边！愿意替鲁迅先生背花圈的，请站在右边！其余的，请到门外去自动排成行，四个一排……"

人头纷纷涌动了，挽联在人头上竖起。顷刻间，草地全被白布所遮没。中间，一幅巨大的白布遗像，巨人似的，用他坚毅不屈的眼睛，看着人群。花圈队已经静静地从他面前通过，挽联也开始移动，但还有几副挽联东歪西斜地倒在矮树丛里。

"诸位！这儿还有几副挽联啦……"

马上来了几个人，但翻开下款，就看到——

"鲁迅先生要汉奸来哀挽么……呸！"

丢了挽联跑开了。

挽联的行列长蛇一样地出了门。草地的一角上，风吹着那几副无人理睬的挽联。

葬仪的行列在马路上悲沉地行进着。挽歌，从行列的前端直通到末尾，众人的声音在半空中战栗着：

"哀悼鲁迅先生……"一万个青年的心在歌声里紧抱着。行列缓缓地移动。前头是全国救亡战士所献的绸旗，上面写着"民族魂"，在抵抗着逆风前进。挽联都悲哀地低垂了头，花圈上的花朵也苦痛地战抖着，唱挽歌的喉咙在颤动着。巨人似的遗像在半空里沉默地俯视着人群,好像在说:"忘记我,管自己的生活!"

灵车后面紧跟着忘不了自己生活但更忘不了他的人!工人,学生,作家……都是救亡阵线上的战士。大家肩挨着肩,心连着心,他们是永远跟着鲁迅先生走的。

许多外国作家、记者,也跟随着。一个"友邦"人士,还在前面掌着大旗。

挽歌从前头直响到末尾:"哀悼鲁迅先生……"

行列转进虹桥路,看见了同文书院,本来是《打回老家去》的谱子的《挽歌》,有人或有意或无意地唱错了:"打回老家去啊……"

大家忽然疯狂地跟着唱:"打回老家去啊……"

路旁出现了中国巡警,也出现了同文书院的学生。马上,纪念鲁迅先生的宣传纸放到他们手里了。

远远地,像在一个什么山顶上叫着:"鲁迅精神不死!"

地上,千万人在咆哮:"鲁迅精神不死!"

"中华民族万岁!"——"中华民族万岁!"

"打倒日本帝国主义!"——"打倒日本帝国主义!"

那个掌着大旗的日本朋友向大家微笑着,像是抱歉,像是痛苦,也像是快乐。

"鲁迅先生精神不死!"

万国公墓的市道被潮涌的群众压得似乎要下沉了,一万个

李晨图

嘶哑的喉咙都沉默了——葬礼开始了。

太阳沉没了。甬道上浓密的树荫里散播着灰暗的阴影。主席台上的声音给晚风吹得飘向天空。大家踮起脚，竖起耳朵，只想捕捉一些断残的句子。被挤到圈外的人，攀在两边的石碑上。只有一些巡警，退在人们背后，悠闲地抱住膀子。

嘶哑的喉咙恢复了，直着颈项，附和着演说者的叫喊：

"打倒汉奸！"

"鲁迅先生精神不死！"

"打倒帝国主义！"

一个巡警伸长了脖子看着，听着，不晓得怎么一下子也叫起来了："打倒……"

旁边另一个巡警用膀肘子向他一捅，他才闭住了嘴。

一个外国人开始讲演了，拳头捏得那么紧，那么高，像要打死什么东西。

大家对他喊："拥护日本劳苦大众！"

谁都忘了疲倦，也忘了饥饿。伸长了脖子，只顾在听，在叫喊。

天黑下来了。

"唱《安息歌》！"

"愿……你……安……息，……安……息……"

千万个喉咙战栗着，千万个声音哽咽着："愿……你……安……息……在……土……地……里……"

歌声不像从人嘴里吐出去的：是那么轻飘，那么低微，风一吹，就会吹断了似的。

夜降临了，黑暗紧压在头顶上，谁都没有走开，都跟在灵柩后面轻轻拖着脚步！

两旁都是石碑，都是坟墓，都是松柏，人在夹缝中慢慢移动，轻轻地唱着："愿……你……安……息……"

人，都变成了影子，在灰幕里蠕动。司仪的报告像是空谷里的回声，在夜空里游荡。人心都石头似的那么沉重，被压迫得都想喊叫一声。但谁也叫喊不出。

人群成了灰团，被黑暗紧紧箍围在一起。每个人的心都同别人互相拥抱着。

鲁迅先生安息了。歌声腾在半空里，像一只无形的鹏鸟在云间歌唱，是那么幽远，但又是那么深刺着人的心！

"安……息在土……地里……"

哀歌停止了，什么也停止了，大地似乎在叹息。

"吁……"

天空里阴沉得什么也看不见似的——天也静默着。

有人哭了。

谁都在心里哭了。

大地快要炸裂似的在颤动。

墨黑的人圈以外有轻微的骚动，一个巡警跑过去对他的同伴招呼着：

"集合!巡官的命令!全体到同文书院门口去集合!快点!"

一群黑衣白裤子的人影掠过了。

哭声渐渐离开鲁迅先生的墓地。

半空里还像在叫喊着:

"鲁迅先生精神不死!"

(摘自《读者》2007年第18期)

无饰的，才是真实的

成　健

  1926 年 9 月 5 日，下午，厦门。雨后放晴，湛蓝的海水泛着粼粼波光，阵阵细浪冲上沙滩，仿佛在欢迎一位刚从北国而来的远客。他沿着海边，欣喜地拣拾着美丽的贝壳。那一年，他已 45 岁。

  初到厦门，他觉得"风景绝佳"。但后来，他说了一句耐人寻味的话，来描述这里的大学，是"硬将一排洋房，摆在荒岛的海边上"。

  有人说他冷漠刻薄，不苟言笑，难以接近，但他在给爱人的信中却饶有兴致地讲起了厦门大学里流传的笑话：教员寄宿舍有两所，一所住单身者曰"博学楼"，一所住有夫人者曰"兼爱楼"。他的爱人曾经是他的学生，当他们分处厦门、广州

傅恒学图

两地时,他主动承诺,对于女生,"我决定目不斜视"。

对厦门的蚂蚁,他用"可怕极了"四个字来形容——有一种小而红的,无处不到。那些蚂蚁时时觊觎他的点心和糖,即使他住在四楼也是如此。有时他只好无奈地将一包点心和蚂蚁一同抛到草地里去。后来他想出了一条妙计,就是将糖放在碗里,将碗放在贮水的盘中,这样形成一个四面围水的防御工事,蚂蚁只能望洋兴叹。他很为这个小智慧而得意。

他的幽默有时真让人忍俊不禁。据说,有一次,他到一家理发店去理发。理发师见他穿着一件旧长袍,便像剪草般替他乱剪一通了事。他随便从口袋里抓了一把铜板塞给理发师,比应付的多了很多。过了一个多月,他又去那家理发店理发,这次,理发师特别细致周到。理完发,他把钱数了数,给了理发师一个应付的数额。理发师忍不住问:"先生,这次怎么不多给些了?"

他答道:"上次你胡乱地剪,我就胡乱地给,这次你认真地剪,我当然就认真地给了!"

他所住的宿舍楼下,有一片花圃用有刺的铁丝拦着,他居然要看看它有怎样的拦阻力,就跳了一回试试。跳是跳过去了,但那刺果然有效,刺了他两个小伤,一股上,一膝旁,好在并不深……

还有,"这里颇多小蛇,常见被打死者,颚部多不膨大,大抵是没有什么毒的,但到天暗,我便不到草地上走,连夜间小解也不下楼去了,就用瓷的唾壶装着,看夜半无人时,即从窗口泼下去。这虽然近于无赖,但学校的设备如此不完全,我也只得如此。"

作为一位知名学者,这种"近于无赖"的事情本来只可天知地知自己知的,但是他却毫不掩饰地对爱人说了,而且在把他和爱人间的往来书信结集出版时,也并未将这些文字删除。这绝对是一种率真的勇气。

他,就是鲁迅先生。

以上撷取的,仅是鲁迅在厦门短短4个多月里的几个画面,其实,关于他特立独行的趣闻,还有许多。

然而这些真实,往往被人们出于好心"避贤者讳"而忽略掉甚至掩饰掉了,以至于许多年来,在人们心目中,像鲁迅这样的伟人仿佛不食人间烟火,没有七情六欲,更不存在任何瑕疵。这反而造成了人们和鲁迅之间的隔膜,也扭曲了人们对鲁迅伟大心灵的理解。事实上,伟人自有其平凡的一面,这些未加粉饰的平凡处,正是让我们无须仰视的地方,譬如鲁迅——他的冷峻背后的小幽默,他的坦诚背后的小狡黠,他的宽容背后的小性子……去掉一切粉饰,还原本来面目,并没有贬损鲁迅的伟大,反而让我们感到,他是如此真实,如此可亲可近。

(摘自《读者》2009年第5期)

分享隐秘和艰难

赵 瑜

人世间，能与你分享幸福的，不一定是爱人；而能分享艰难的，一定是。

住处遇大风，把玻璃打碎了一块。但不久，又被迫搬到另外一个三楼上，楼上没有厕所，二楼有一个，大约，但被一户人家私有了，也不便去使用。公共厕所在遥远的地方，需要旅游很久，才能抵达。于是，每每在半夜的时候，跑到楼下，找一棵树，草草倾泻了事。后来，终于找了一个替代的办法，用一个瓷罐子，半夜里尿急了，便滋进去，可以想象，那是一个需要技巧的事情，罐子的口小，若是准确度欠了，准会尿在地上。还好，这事情没有其他的人看到，只写在信里，告诉许广平一个人。

这是1926年的秋天,鲁迅先生在《两地书》里写的情节,每一次看到这里,我都会被他逗乐。

然而,可乐的事情才刚刚开始。听我往下说。

班里的学生女生只有5个,大约也有漂亮的,但先生每每不看她们,即使被问询一些人生啊苦闷啊的问题,也每每低着头应对。这也是在信里发了誓的。许广平回信时说,如此幼稚的信,幸好没有别人看到。两个人均料想不到,事情过了将80年,被我看到,我看得哈哈大笑。

感情从来和年代没有任何关系。除了关心彼此的身体,也要把生活的四周告知对方。先生说起身边事情时,总是不露声色的幽默,譬如厦门大学的展览会。大约是为了活跃学校死气沉沉的气氛吧,学校突然决定搞一个文物展览,听说鲁迅的柜子里放了几张古老的拓片,便硬是拉他出来陈列。没有办法,鲁迅只好去了。到了现场才发现,并没有人帮忙。孙伏园给先生搬来一张桌子,先生便将两张拓片展开,压在桌子上,另外的几张呢,先生用手展开了一下,结果,惹得众人观望。那组织者便要求先生站到桌子上去,好举得高一些,让更多的人看到。再后来呢,因为摆放的其他东西需要桌子,连同先生的那一张桌子也被没收了,鲁迅只好一个人站在那里,用手展开一张拓片。如此陈列一个著名的作家,实在是好笑得很。

果然,许广平在信里笑话鲁迅,做这种傻事情,让风吹着,

赵延年图

如同雕塑，滑天下之大稽也。可是鲁迅在接下来的信里说，我只是说了一半，滑稽的事情多着呢，比起我的尴尬的站立，更让人笑话的是，展览会上展览的很多东西都是假的。

寂寞总让人没有主意。在一封信里，鲁迅赞美许广平成熟了，而他在那样一个荒芜的岛屿上，盛开的全是寂寞。于是，他除了到邮局等许广平的信，便是在宿舍里发明吃的东西。但他实在不大行，便也将失败的体验告知对方。

能分享尴尬的人，一定是亲密的。果然，两个人从北京开始种下的芽苗，在厦门时已经生长得茁壮了。忙碌中，许广平给鲁迅织了一件毛背心，鲁迅穿在身上写信，说暖暖的，冬天的棉衣可省了。

《两地书》，这是一本关于爱恋的书，里面没有任何矫情的文字，但它的确充满了爱。因为，在这本书里，到处都是关于内心隐秘和艰难的分享。人世间，能与你分享幸福的，不一定是爱人；能分享艰难的，一定是。我喜欢那件1926年秋天的背心，它把一个叫鲁迅的男人拴住。

爱情，不过是一件毛背心的温暖。

（摘自《读者》2009年第23期）

大团圆

钱理群

鲁迅分析了中国写才子佳人故事的戏曲：开始可能有一点不幸，小小的不幸，然后才子考试中举了，奉旨完婚，一切问题都解决了，就"大团圆"了。鲁迅因此给曹雪芹写的《红楼梦》以很高评价，因为他"敢于实写"，说出世事的真相，但高鹗写的后续，结尾也落入了"大团圆"的窠臼，贾府虽然被抄了家，最后还是"家业再振"，连宝玉也"入圣超凡"了。

鲁迅还考察过一个民间传统故事的演变过程。故事的原初，是一个女子自愿服侍病危的丈夫，最后治疗无效，两人感情太深，就一起自杀了。这本是个因爱殉情的动人故事，但还是有一个缺陷，不管怎么样，这两个人都死了。于是就有人把它改编了，说妻子如此尽力照顾丈夫，就感动了神仙，变成一条小蛇,跑到药罐子里,丈夫把药吃了就痊愈了,终于皆大欢喜。鲁迅因此发出感慨:在中国,"凡有缺陷,一经作者粉饰,后半便大抵改观",读者因此而陷入迷误,"以为世间委实尽够光明,谁有不幸,便是自作,自受"。这是很能说明瞒和骗的本质的,就是要粉饰太平,制造一派光明的假象。而这样的粉饰太平的文学是代代相传的。

如果有些事情无法回避,又怎么办呢?比如岳飞死了,关公死了,这总是无法改变的事实。但中国人还是有办法,就说岳飞是前世命中注定要死的,死了也是一种圆满;关公就更简单,他死了干脆把他变成神,供起来,就更圆满了。

(摘自《读者》2011年第12期)

你的小白象

丁桂兴

鲁迅给许广平写信时，经常署名"小白象"或"你的小白象"。1925年，鲁迅在北京给许广平的第二封信中，在署名的地方竟画有一只高高举起鼻子的小象。1933年5月，两人将此前的书信编辑成《两地书》出版，作为他们爱情的见证。《两地书》在公开出版时，署名"EL"，就是Elephant（象）的缩写。

鲁迅先生为何以"象"自居，或许我们能从《柔石日记》中找到一些答案："鲁迅先生说，人应该学一只象。第一，皮要厚，流点血，刺激一下，也不要紧。第二，我们强韧地慢慢地走去。我很感谢他的话，因为我的神经末梢是太灵动了，像一条金鱼。"

（摘自《读者》2012年第3期）

细节中的鲁迅

唐宝民

鲁迅先生住在北京时,每天晚上都会有客人来访,他总是热情接待,亲自为客人倒茶,拿花生和糖果给客人吃。当客人告辞的时候,他总是要端起灯来,将客人送出门外。客人作别离去,他并不立即回屋,而是一直那么端着灯站着,直到客人走远看不到了,才回屋关上门。未名社成员作家王冶秋曾在《怀想鲁迅先生》一文中这样写道:"深夜,他端着灯送出门外,我们走了老远,还看到地下的灯光,回头一看,灯光下他的影子好看得很,像是个海洋中孤岛上的灯塔,倔强地耸立在这漆黑的天宇。"尊重,有时是说出来的,有时是做出来的。体现在细节中的尊重,是一种更加让人感动的尊重。

翻译家黄源早年与鲁迅先生多有交往,因而经常去鲁迅先

黄永玉图

生家中,并在那里吃饭。鲁迅先生对于一天所发生的事,都记在日记中。黄源先生某月某日到他家去,他也记在日记里,但黄源先生看过鲁迅先生的日记,上面只记着他去他家的事,比如"晚三弟来、河清(黄源先生别名)来",而对于在家里吃饭的事,鲁迅先生却从来不记。有一回,黄源先生又去鲁迅先生家,给他买了两盒点心。那天晚上,两人便一边吃点心一边聊天,事后,黄源先生在鲁迅先生的日记中看到了这样的记录:"夜河清来并赠蛋糕两盒。"黄源先生因此感慨道:"从这一琐事上，我却领悟到鲁迅先生做人的一条规律，就是凡是他对别人付出的，从不记账，而别人给予他的，他都记在账上，即使两盒蛋糕。琐事如此，大事也一样。"付出的，不记在心上；得到的，却永远记得。虽然只是细枝末节的小事，却让我们真切地感觉到了先生的无私精神和博大情怀。

有一回，萧红到鲁迅先生家吃饭，从福建菜馆叫了一碗鱼丸子，吃的时候，海婴先吃的，吃了一个后就说："不新鲜，不好吃。"许广平就夹起一个来吃，感觉很新鲜，于是就批评海婴，并给海婴又夹了几个。海婴吃了以后，依然说不新鲜，许广平就生气了，更加严厉地批评海婴。见此情形，鲁迅先生便把海婴碟子里的鱼丸夹起来尝了尝，发现果然不新鲜，原来，这碗鱼丸中，有一部分是新鲜的，还有一部分是不新鲜的，海婴吃的是不新鲜的，而许广平吃的恰巧是新鲜的。于是鲁迅先生说："他说不新鲜，一定也有他的道理，不加以查看就抹杀是不对的。"这就是鲁迅先生，即使是这样一件小事，也极其认真。诚如许广平事后感慨的那样："周先生的做人，真是我们学不了的。哪怕一点点小事。"长期以来，鲁迅先生给我们的感觉，就是一个不食人间烟火的战士形象，我们所关注的，都是他呐喊呼号的一面。其实，细节中的鲁迅先生，会让我们从一个特殊的视角去了解他有血有肉的另一面。通过这些细节化的东西，我们能够走近一个更加真实，亲切的鲁迅。这些微不足道的小事，反映出了先生的涵养品行与内心境界，永远值得我们仰望。

（摘自《读者》2012年第6期）

借 钱

李 舒

借钱不好开口,对于好脸面的知识分子来说,尤为如此。但相较之下,贫穷显然更让人难堪。内山完造在《我的朋友鲁迅》里说,鲁迅的某个学生因为受人坑害而被捕入狱,他的太太来找鲁迅借钱。明明知道是狱警敲诈她,交了保证金也不会放人,鲁迅仍然借钱给她。内山对此表示非常不解,鲁迅对他说:"她拿钱走的时候应该心里充满了希望吧。"这样慷慨的鲁迅想必是想起了自己从前窘迫的时节。20世纪20年代的《鲁迅日记》,随处可见的是记录借款事项:"4月5日上午从齐寿山假(借)泉五十;4月12日下午托齐寿山从义兴局借泉二百,息分半(每月得付息30圆的高利贷);4月26日午后从齐寿山假泉二十;5月30日下午从李遐卿假泉四十;6月4日下午从齐寿山假泉五十……"因为常常被拖欠薪水（比如《鲁迅日记》10月24日记载的"下午往午门索薪水"），鲁迅还经常要借新债补老债。和周作人决裂之后，鲁迅搬家买房，也是借了许绍棠的钱，才得以凑齐房款。饱尝借钱之苦的鲁迅，对于窘迫的青年人，确实慷慨。被鲁迅帮助过的青年作家、画家以及其他人，数不胜数。青年作家叶紫写信给鲁迅，说他"已经挨饿了"，请鲁迅帮助问问他投稿的稿酬如何。鲁迅回信说："已放十五元在（内山）书店，请持附上之笺，前去一取为盼。"青年木刻家何白涛从上海新华艺专毕业后即失业，他要回广东老家，但苦于没有路费，写信向鲁迅借钱，鲁迅回信说："先生要我设法旅费，我是可以的，但我手头没有现钱。所以附上一函，请于十五日自己拿至内山书店，我当先期将款办好放在那里，托他们转交。"作家萧军、萧红也从鲁迅那里拿过钱救急，一次鲁迅回信说："我这一月以来，手头很窘，因为只有一点零星收入，数目较多的稿费，不是不付，就是支票，所以要到二十五日，才有到期可取的稿费。不知您能等到这时候否？但这之前，会有意外的付我的稿费，也料不定。那时再通知。"萧军、萧红用了鲁迅的钱，感到"刺痛"。鲁迅回信说："这是不必要的。我固然不收一个俄国的卢布、日本的金圆，但因出版上的资格关系，稿费总比青年作家来得容易，里面并没有青年作家稿费那样的汗水的——用用毫不要紧。"

（摘自《读者》2015年第1期，有删节）

从红玫瑰到饭黏子

李筱懿

1923年10月,鲁迅兼任北京女子高等师范学校(后改名北京女子师范大学)国文系讲师,每周讲授一小时中国小说史。

开学第一天,上课的钟声还没收住余音,一个黑影便在嘈杂中一闪——个子不高的新先生走上了讲台。坐在第一排的许广平,首先注意到的是他那两寸长的头发,粗且硬,笔挺地竖着,真当得起"怒发冲冠"的"冲"字。褪了色的暗绿夹袍与黑马褂,差不多成了同样的颜色。

手肘上、裤子上、夹袍内外的许多补丁,闪耀着异样的光彩,好似特制的花纹,皮鞋也满是补丁。讲台短,黑板长,他讲课写板书时常从讲台跳上跳下,补丁们就一闪一闪,像黑夜中的满天星斗，熠熠耀眼。

女生们哗笑："怪物，有似出丧时的那乞丐头儿！"

可是，当他以带浓重绍兴口音的"蓝青官话"开始讲课时，教室里很快肃静无声——课程的内容把学生们慑住了。

从此，许广平总是坐在教室第一排。

听了一年课，她主动给鲁迅写了第一封信，两人开始互通信件，那些信件后来在1933年被编辑成《两地书》出版。

同时代的情书大多炽烈得肉麻，就像徐志摩的《爱眉小札》，无关的人看了常生出红烧肉吃多了似的腻，《两地书》却不同，琐琐碎碎的家长里短透出俏皮的会心。我们太熟悉那个"俯首甘为孺子牛"的鲁迅，他在与许广平的信里，冷不丁冒出些小清新、小温暖、小淘气，还真令人有意外的喜感。

两人照例谈女师大反对校长杨荫榆的学潮，因为学生自治会总干事许广平是学潮的骨干。也会聊变革时代思想的苦涩与纠结，但最生动的，却是那些絮叨却字字关情的闲话。

住处在三楼上，没有厕所，"二楼有一个，大约，但被一户人家私有了，也不便去使用。公共厕所在遥远的地方，需要旅游很久，才能抵达。于是，每每在半夜的时候，跑到楼下，找一棵树，草草倾泻，了事。后来，终于找了一个替代的办法，用一个瓷的罐子，半夜里尿急了，便滋进去，可以想象，那是一个需要技巧的事情，罐子的口小，若是准确度欠了，准会尿在地上。"

这是1926年秋天,鲁迅给许广平信中的白描。并非大雅的闲事,他独独写在信里告诉她。在他心里,他与她是一对熨帖的饮食男女,距离微妙,她却懂他的欢喜。

又或者,他有点发誓似的说,班里的女学生只有5个,大约也有漂亮的,但他每每不看她们,即使她们问询一些人生啊苦闷啊的问题,他也总是低着头应对。于是,许广平回信说,如此幼稚的信,幸好没有别人看到。

两个人没有想到,80多年后,我看得哈哈大笑。一番唇舌打趣,和你我身边普通的恋爱着的男女无异。

许广平给鲁迅织了一件毛背心,鲁迅穿在身上写信说,暖暖的,冬天的棉衣可省了。

没有矫情的文字,却充满了爱的温馨,还有关于心灵的隐秘、戏谑或者艰辛的分享。世界上,能与你分享光鲜和甜蜜的不一定是爱人,但能撕下表面的鲜亮,分担内里的艰难的,一定是。

或许,不是1926年秋天的毛背心拴住了鲁迅,而是,爱情本来就是一件温暖的毛背心。

1925年10月20日的晚上,在鲁迅西三条寓所的工作室"老虎尾巴"里,他坐在靠书桌的藤椅上,她坐在床头,27岁的她首先握住了他的手,他回报以"轻柔而缓缓的紧握"。他说:"你战胜了!"她则羞涩一笑。

1927年10月,两人在上海同居;1929年9月27日,儿子周海婴出世；1936年10月19日，鲁迅在上海病逝。1968年3月3日，许广平在北京逝世。

在她70年的人生中，他陪伴了她不到11年，她却用43年的时光来支持、延续他的事业。

鲁迅承认，在爱情上许广平比他有决断得多。

祖籍福建的她出生三天便被酩酊大醉的父亲"碰杯为婚"，许配给广州一户姓马的绅士。成年后她提出解除婚约被马家拒绝，最后许家给了马家一大笔钱，这笔钱足够马家再娶一个媳妇，她才彻底自由。

1922年她北上求学。据当年中华教育改进社统计，那年全国仅有女大学生887人，占全体大学生总数的2.5%，她就是第一批女大学生中的一个，名副其实的走在时代最前端的新女性。

照片中的她，五官端正沉静，正盛开在最好的年华，真是一朵绚丽的红玫瑰——年轻、热情，受过良好的教育，充满理想，对爱情怀着最单纯的热切和执着。

当年，她在第一封信中写道："先生！你在仰首吸那卷着一丝丝醉人的黄叶，喷出一缕缕香雾迷漫时，先生，你也垂怜、注意、想及有在蛋盆中辗转待拔的吗……"

当年，他会为她一天替自己抄写了一万多字的手稿而感动地轻抚她的手。

他还会买位置最好的电影票，为了照顾她近视的眼。

李晨图

那么之后呢？婚后的生活非常琐碎。

婚前，鲁迅带着许广平去杭州度假。

婚后，这样的日子几乎没有，甚至连公园也不去。他说，公园嘛，就是进了大门，左边一条道，右边一条道，有一些树。

婚前，两人"心换着心，为人类工作，携手偕行"。

婚后，全职主妇许广平似乎没有多余的时间。她为朝来夕往的客人们亲自下厨，精心准备各种款待的菜，少则四五种，多则七八种，蔬果皆备，鱼肉俱全。

鲁迅喜欢北方口味，许广平曾经提议请个北方厨子，但15大洋的工资鲁迅觉得贵，请不得。虽然，他那时是每月200大洋的工资。

于是，依旧是许广平下厨。

萧红回忆，鲁迅吃饭是在楼上单开一桌，许广平每餐亲手把摆着三四样小菜的方木盘端到楼上。小菜盛在小吃碟里，碟子直径不过两寸，有时是一碟豌豆苗，有时是菠菜或苋菜，如果是鸡或者鱼，必定是其身上最好的一块肉。

许广平总是用筷子来回地翻饭桌上菜碗里的东西，心里存着无限的期望、无限的要求，用了比祈祷更虔诚的目光。几番精挑细选，才后脚板触着楼梯，小心翼翼地端着盘子上楼。

这一段总是看得人凄惶。

面对比自己小17岁、冲破世俗、自由恋爱得来的爱人，隔着不算久远的互通135封信的美好年代，一个男子要粗糙到怎样的程度，才能不问一句：你们吃什么？

许广平带着孩子，帮鲁迅抄着稿子，打着毛线衣，鲁迅深夜写作时，她则在一边躺下先睡，早睡是因为第二天还要早起忙家务。

她不仅照顾鲁迅，还事无巨细地照顾儿子。

萧红说周海婴的床是非常讲究的，属于刻花的木器一类，拖着长长的帐子。而许广平自己，"所穿的衣裳都是旧的，次数洗得太多，纽扣都洗脱了，也磨破了……许先生冬天穿一双大棉鞋，是她自己做的。一直到二三月早晚冷时还穿着……许先生买东西也总是到便宜的店铺去买，再不然，到减价的地方去买，省下的钱都印了书和画"。

到底是爱褪了色，还是红玫瑰蜕变成了饭黏子呢？相爱简单，珍惜很难。

相爱只是远距离的精神上的依恋，很容易通过想象来美化、弥补，保持起来相对容易。而珍惜，是现实中无限靠近的相看，是两人各方面习惯碰撞、融合之后的体谅，是柴米油盐、生儿育女的琐屑分担。

婚姻中的鲁迅在两首诗里提到了许广平。

第一次是在婚后5年左右："惯于长夜过春时，挈妇将雏鬓有丝。梦里依稀慈母泪，城头变幻大王旗。"在这首诗里，许广平似乎是他若干负担中的一个，和其他种种共同构成了一个男人中年危机的梦魇。

第二次是在婚后10年,许广平生日时,他送她《芥子园画谱》做礼物,题诗:"十年携手共艰危,以沫相濡亦可哀。聊借画图怡倦眼,此中甘苦两心知。"这首潦草的诗里,爱的成分则像青烟一样消失在空气中,甚至泯灭了男女性别的差异,一派同志般的革命精神。

看得出来,她早已不是他的红玫瑰。

那些不能给婚姻中的她的感情,可以分配给其他年轻女子。当年的常客萧红,从法租界到鲁迅家,搭电车也要差不多一个钟头,依旧照去不误。有时候坐到半夜12点车都没了,鲁迅就让许广平送萧红,叮嘱要坐小汽车,还让许广平把车钱付了。萧红不怎么会做菜,在鲁迅家勉强做的韭菜合子,鲁迅会扬着筷子要再吃几个。

他善待萧红,犹如10年前善待许广平。

或者,真像莱蒙托夫诗里写的:"我深深地被你吸引,并不是因为我爱你,而是为我那渐渐逝去的青春。"1936年10月19日,鲁迅在生命的最后一刻紧紧握着许广平的手,说:"忘记我,管自己的生活!"

不知此时,他是否感念身边这个女子,用10年的青春好得无可挑剔地对待他;他是否记起10年前她留着短发神采飞扬地参加学生运动的样子;他是否想到与她共度的10年,他的创作量超过了以往任何时候;他是否知道,之后漫长的岁月中,这个女子还照顾着他的母亲和原配；他是否怀念那些她在他的心口还是一颗朱砂痣的岁月？

只是，时光飞逝，要如何才能成为一颗永恒的朱砂痣呢？

要不远不近地隔着他，不疾不徐地撩拨他，若有若无地关心他，欲拒还迎地与他谈谈虚缈的人生、空泛的艺术与吃饱了撑出来的烦恼。当然，每次见着他必定收拾得妥帖而美丽……

看看，女人们其实懂得怎样守住红玫瑰的底线，只是架不住爱情到来那一刻的飞蛾扑火，硬把恰当的距离扑没了，活生生把心口的朱砂痣扑成了灶上的饭黏子。

像魔咒一般，从结婚的那一刻起，爱情就呈逐年递减趋势。如果婚姻有幸维持终生，衡量一个男人是否爱你，或许不在于他说过多少动人的情话、许下多少堂皇的诺言、送过多少珍贵的礼物，而是他愿意和你分享饭桌上唯一的那块鱼肚子、愿意把汤钵里的鸡腿先盛给你。

我知道你懂了，可是在爱情面前，就是狠不下心肠，做不到。

（摘自《读者》2015年第3期）

鲁迅小厨

秦 源

鲁迅先生一生在吃上异常节俭。有资料考证，鲁迅日常菜谱无非三菜一汤，菜色基本就是"老三样"：一碗素炒豌豆苗、一碗笋炒咸菜、一碗黄花鱼。每月买食材的钱只抵得上购书开支的三分之一。

即便如此，鲁迅也有一系列比较偏好的菜品。最为奇特的是，鲁迅身为南方人，却对河南菜情有独钟。《鲁迅日记》曾提到在北京"厚德福"宴饮的细节。鲁迅在北京的时候，非常喜欢厚德福的菜，尤其是"糖醋软熘鲤鱼""铁锅烤蛋""酸辣肚丝汤""炸核桃腰"这四道菜，后来，有长垣厨师为纪念鲁迅，将这四道菜合称为"鲁公筵"。

1927年，鲁迅移居上海。知味观杭菜馆是鲁迅在上海期间去得最多的地方。而知味观的"叫化鸡"和"西湖醋鱼"等菜肴也因鲁迅而名扬日本。1933年10月23日，鲁迅在知味观宴请日本福民医院院长和内山君等好友，亲自点了"叫化鸡""西湖莼菜汤""西湖醋鱼"等佳肴。席间，鲁迅特别向客人介绍了"叫化鸡"的来历和做法。谁知，鲁迅的这个无意的举动，使得知味观及其"叫化鸡""西湖醋鱼"等菜肴在日本出了名。直到20世纪80年代初，"日本中国料理代表团"和"日本主妇之友"成员到上海访问时，还指名要到知味观品尝"叫化鸡"和"西湖醋鱼"。

鲁迅在上海期间，除了知味观，豫菜馆"梁园"也深得他的喜爱。他还曾产生过雇一个豫菜厨子的想法，后因对方要求的工资太高而放弃。鲁迅曾在梁园多次宴请朋友，或"属梁园豫菜馆定菜"，还时常请该馆厨师"来寓治馔"。不得不提的是，1934年12月9日，鲁迅在梁园宴请了刚到上海的萧军、萧红夫妇，及茅盾、聂绀弩、叶紫、胡风等作家。席间，鲁迅点了平日最爱吃的豫菜"糖醋软熘鲤鱼""铁锅烤蛋""酸辣肚丝汤""炸核桃腰"等。

在梁园，鲁迅最喜欢的菜却是扒猴头，这也是河南名菜，与熊掌、海参、鱼翅并称。鲁迅对此菜的喜爱程度非常之高，还曾产生过"但我想如经植物学家或农学家研究，也许可培养"的念头。

文人吃菜不可无酒，而鲁迅在西装革履、咖啡盛行的时代，

曹文汉图

却仍是一袭长衫,"松风竹炉,提壶相呼",一杯清茶的习惯从未更改过,对于酒,只是浅尝辄止,"多半是花雕"。

世人皆道鲁迅先生伟大而耿直,却未曾想过,先生的"朝花夕拾"却也是从舌尖上开始的。

(摘自《读者》2015年第6期)

鲁迅的样子

张宗子

一

许广平在《鲁迅回忆录：手稿本》中，用了将近三大段文字描述鲁迅的外貌。她说鲁迅是个平凡的人，走在街上，无论面貌、身形还是衣着，都不会引起别人的注意。假如有人淡淡地扫一眼，得到的印象是，旧时代里一个迂腐、寒碜的人，一个刚从乡下来到城市的人，甚至于"乍一看似长期吸毒（鸦片烟）的瘾君子"。

鲁迅外表的卑微，使他第一次去内山书店的时候，发生了一幕小小的喜剧。当时，他们两人的衣着都很朴素，"鲁迅似乎还带些寒酸相"。因此，店员差点把他们当作贼防着。许广平在回忆录中说，这是鲁迅逝世后，一位姓王的店员告诉她的。"当我们一到店里，他们打量了鲁迅这般模样之后，店里负责的一个日本人向王说，注意看着这个人，他可能会偷书。"当时偷书的事时有发生，还有人从精美的画册上偷偷撕下插图。结果，这个看来不像会买书的人，不仅买了书，还一下子买了4本。后来鲁迅多次去买书，店员印象深刻，报告了老板内山完造。内山先生于是和鲁迅结识，成为好友。

以貌取人本属寻常，所谓势利者，不过将其发挥到极致而已。鲁迅《南腔北调集》里有一篇《上海的少女》，开头就说："在上海生活，穿时髦衣服的比土气的便宜。如果一身旧衣服，公共电车的车掌会不照你的话停车，公园看守会格外认真地检查入门券，大宅子或大客寓的门丁会不许你走正门。所以，有些人宁可居斗室，喂臭虫，一条洋服裤子却每晚必须压在枕头下，使两面裤腿上的折痕天天有棱角。"

许广平记得鲁迅在杭州遭受过刁难，鲁迅在《再谈香港》一文中，则生动地记述了"手执铁签"的"两位穿深绿色制服的英属同胞"在检查行李时的嘴脸。"检查员的脸是青色的，也似乎不懂我的话。"事情过后，船上的茶房"和我闲谈，却将这翻箱倒箧的事，归咎于我自己"。他对鲁迅说："你生得太瘦了，他疑心你是贩鸦片的。"弄得鲁迅哭笑不得，因此在文中自嘲："我实在有些愕然。真是人寿有限，'世故'无穷。"

二

鲁迅的胡子又粗又黑，微微上翘。他早年写过一篇《说胡须》，里面提到，因为他胡子的特异，从日本回国时，便被家乡的船夫当作日本人——两人的对话极风趣：

"先生，你的中国话说得真好。"

"我是中国人，而且和你是同乡，怎么会……"

"哈哈哈，你这位先生还会说笑话。"

为什么会有这样的误解呢？鲁迅说，那时大家都认为，只有日本人的胡子是上翘的。无从辩解的结果是，鲁迅"从此常常为胡子受苦"，以至于某位"国粹家兼爱国者发过一篇崇论宏议之后，就达到这一个结论"："你怎么学日本人的样子，身体既矮小，胡子又这样……"鲁迅说："可惜我那时还是一个不识世故的少年，所以就愤愤地争辩。第一，我的身体是本来只有这样高，并非故意设法用什么洋鬼子的机器压缩，使他变成矮小，希图冒充。第二，我的胡子，诚然和许多日本人的相同，然而我虽然没有研究过他们的胡须样式变迁史，但曾经见过几幅古人的画像，都不向上，只是向外，向下，和我们的国粹差不多。维新以后，可是翘起来了，那大约是学了德国式。"

三

在鲁迅同时代人的回忆中，由于回忆者和鲁迅的关系不同，

刘春杰图

有爱他的，亲近他的，敬仰他的，也有嫉妒和怨恨他，和出于种种原因看不起他的，反映在他们眼中的鲁迅，也就有了不同的形象。比如走路的姿态，内山完造的描写是："身材小而走着一种非常有特点的脚步。"后文又说，鲁迅"个子小却有一种浩大之气"。鲁迅的日本学生增田涉的形容是："走路的姿态甚至带有飘飘然的仙骨。"1927年，鲁迅在上海光华大学演讲，在记者笔下，鲁迅"演讲时，常常把手放在长衫的后大襟里，在台上像动物园内铁笼里的老熊一样踱来踱去"。在萧红的回忆里，也有几段，可算是最细致的观察、最传神的刻画吧：

　　鲁迅先生走路很轻捷，尤其使人记得清楚的，是他刚抓起帽子来往头上一扣，同时左腿就伸出去了，仿佛不顾一切地走去。

　　鲁迅先生不戴手套，不围围巾，冬天穿着黑石蓝的棉布袍子，头上戴着灰色毡帽，脚穿黑帆布胶皮底鞋。胶皮底鞋夏天特别热，冬天又凉又湿，鲁迅先生的身体不算好，大家都提议把这鞋子换掉。鲁迅先生不肯，他说胶皮底鞋子走路方便。

　　鲁迅先生一推开门从家里出来时，两只手露在外边，很宽的袖口冲着风就向前走，腋下挟着个黑绸子印花的包袱，里边包着书或者是信，到老靶子路书店去了。

黄乔生《鲁迅像传》转引的1933年大阪《朝日新闻》刊载的记者原田让二的《中国旅行见闻》中，有对晚年鲁迅形象的描写：

> 他面庞泛出青色，两颊皮肤松弛，一望就让人生出疑虑：这恐怕是个抱病之躯吧。但他以清亮的声音操着漂亮的日语轻松谈论各种话题，又令人难以相信眼前竟是一个身体极度疲惫的人。他目光炯炯，精神矍铄。瘦小的身材，穿着海蓝色中式服装，戴着半旧的中折帽。他不太喝酒，却烟不离手。常常低着头，偶尔笑一下时会露出白白的牙齿，令人感到他的落寞。

对于自己的形象，鲁迅于1932年在北平演讲后对于伶开玩笑说，自己"不很好看，30年前还可以"。30年前，鲁迅22岁。大约同时期的照片，有一张鲁迅穿留学生服的，平头，无须，眉毛浓黑，神态严肃而面貌清秀。一年后，1933年2月17日，鲁迅在上海会见萧伯纳。萧伯纳对鲁迅说："他们称你为中国的高尔基，但是你比高尔基漂亮。"鲁迅回答："我更老时，还会更漂亮。"

萧红回忆鲁迅，起笔就写鲁迅的笑："鲁迅先生的笑声是明朗的，是从心里的欢喜。若有人说了什么可笑的话，鲁迅先生笑得连烟卷都拿不住了，常常是笑得咳嗽起来。"但鲁迅留下的照片上，开怀大笑的不多。有一张和青年木刻家谈天的照片，他手持烟卷，笑得舒展自然。更早有他在香港作"无声的中国"演讲时的一张，立在听众之间，侧脸，面左，神态放松，并没微笑，却令人感觉到微笑的亲切。韩愈说："仁义之人，其言蔼如也。"这两张照片的神韵，正是萧红通过文字传达给我们的。

遗憾的是，多年来无数画鲁迅、雕刻鲁迅的人，多把鲁迅的形象变得硬邦邦的，仿佛不如此则不足以显示其伟大。鲁迅固然是一个愤怒的抗争者和呐喊者，但我们不要忘了，他也是一位慈爱的父亲，一个亲切的朋友，一个书迷和影迷，一个收藏家，一个享受着生活方方面面的快乐的人。

（摘自《读者》2017年第11期）

当名家遭遇"自己"

杨建民

1928年2月25日,鲁迅先生意外地接到一名素不相识的女士的来信。信中有"自一月十日在杭孤山别后,至今已多久没有见面了。前蒙先生允萍时常通讯及指导"云云,弄得鲁迅莫名其妙。

为负责起见,鲁迅马上写了一封回信,告诉这名马姓女士,自己已有将近十年未去过杭州,因此不可能在孤山与人作别,她见到的一定是另一个人。

到了3月17日,这个名为马湘影的女士约上以前听过鲁迅课的一个学生去拜访鲁迅先生。见面后经过详谈,才知道当时与马女士在孤山交谈的,的确是假鲁迅。那人曾允为马女士指导并希望常常通信,所以就有了马女士的写信之举。当时马

刘春杰图

女士并不知道鲁迅的通信地址,她是寄到开明书店,托他们转交的。

交谈中,马女士还给鲁迅看了杭州"鲁迅"在苏曼殊墓旁写的四句诗:

我来君寂居,唤醒谁氏魂?
飘萍山林迹,待到它年随公去。

见此,鲁迅不仅觉得莫名其妙,也有些生气。这诗不仅不通,那腔调也太可笑了。为了弄清事实,鲁迅给当时在杭州教书的许钦文写了一封信,请他帮忙了解一下杭州"鲁迅"的情况。

当时在杭州的鲁迅的朋友,有许钦文、川岛等人。他们也听到学生们盛传,说"鲁迅"到了杭州,甚至有人亲眼见过此人在苏曼殊墓前的题诗。许钦文接到鲁迅的信后,便向了解情况的学生打听。那些学生说,"鲁迅"就在离西湖不远的松木场小学教书。他和川岛等人便决定前去拜访。

到了松木场小学,他们果真见到了"鲁迅"。这人大约三十多岁,脸瘦长,上嘴唇如鲁迅一样,也留着一些短须。

许钦文与川岛等人去时,此"鲁迅"手里拿着一条教鞭正在上课。见面之后,相互通了姓名,很巧的是,这个"鲁迅"也姓周。为了了解情况,许钦文他们未报出自己的真实姓名,只说是慕名拜访。

那人一听，便自称鲁迅，谈话的口气里，表现出对当时世风不甚满意，又表现出一副怀才不遇的样子，还说世事如此，所以只能隐姓埋名到乡下来教小学生。此人说话时，眼睛四处乱看，目光发直，指手画脚。川岛当时还觉得此人精神有点不正常。了解了大致情况，许钦文他们便告辞了。"鲁迅"还热心地约他们以后再来，还说有什么事可以问他，他都乐于指导。

回去之后，许钦文便将了解的情况写信告诉了鲁迅，又将事情经过托朋友告知当时杭州市一位姓陈的教育界负责人，请他转劝这个也姓周的"鲁迅"不要再假装下去了。

（摘自《读者》2019年第12期）

真朋友

朱亦红

明代学者苏浚在《鸡鸣偶记》中说:"道义相砥,过失相规,畏友也。"读罢,不禁沉吟半晌。

我想到的是鲁迅与瞿秋白,二人可谓一见如故,言行十分投契。此后,他们一直为推动革命文化运动并肩战斗,结下深厚友谊。在白色恐怖时期,瞿秋白几次避难于鲁迅家中,鲁迅不但为他安置住处,还让他用"白之"的笔名发表杂文,并以清人何瓦琴的联句,书赠瞿秋白:"人生得一知己足矣,斯世当以同怀视之。"瞿秋白就义后,鲁迅仍抱病坚持为之编印《海上述林》,以此表达深切的悼念。

其实,这样的朋友可称"畏友",他们无论在日常生活中,还是在危急关头,都能生死相依。一句话,即便你身陷黑暗,他也能陪你坐等天亮。

(摘自《读者》2019年第17期)

刘春杰图

藤野先生

痴妄集

周树人君当时在仙台医专求学时，有一位解剖学教授叫藤野严九郎，对他非常照顾，认真给他修改课堂笔记，关心他的语言障碍和食宿问题，还时时鼓励他。然而到第三年时，周树人君决定退学。藤野先生很惋惜，周树人君觉得愧对恩师。

离别的时候，藤野送给周树人君一张自己的相片，并且在背后题字，可见师生二人友谊之深。周树人君当时没有合适的相片回赠，说日后照了寄过来，还说会时时通信告知先生自己的状况。然而他这一走，相片没寄，信也不见一封。他自己对此的描述是："我离开仙台之后，就多年没有照过相，又因为状况也无聊，说起来无非使他失望，便连信也不敢写了。经过的年月一多，话更无从说起，所以虽然有时想写信，却又难以下笔,这样竟没有寄过一封信或一张照片。"

其实,那期间他归国觅职,照过相,还很帅气。只是,他自己没有心情寄出。他所谓的"状况也无聊",是指状况很不好。因为在那些年里,愤青周树人在黑暗中寻找光明,四处碰壁。

当时他的学术水平已经很高了,可谓知识广博、思想深刻。就在退学之后的第二年,他写了几篇古文,包括《人之历史》《科学史教篇》《文化偏至论》和《摩罗诗力说》等,都是很有价值的文章,直到现在,评价依然非常高。但在当时,根本没人理会他的这些文章。

1918年,37岁的周树人以"鲁迅"为笔名发表小说《狂人日记》,迈出了成为文豪的第一步。1926年,45岁的鲁迅先生发表散文《藤野先生》。1931年,有朋友写信问他,藤野严九郎是不是真名?鲁迅回信说是真名,然后说自己很想念藤野先生,曾经托日本的朋友打听先生的近况,却被告知十几年前仙台医专被并入东北帝国大学,缩减教授编制,藤野先生辞职,如今下落不明。

为何现在他又开始找藤野先生了?一来,当然是因为思念。二来,更重要的是,他的状态完全不一样了。他仍然在碰壁,可现在他是巨人,碰壁则壁倒,而且摧枯拉朽!

1931年,日本学生增田涉来上海留学,拜鲁迅先生为师。鲁迅教青年学生一向用心,对这个日本学生更是格外照顾,一如藤野当年的风范。

1934年,日本出版商岩波书店的老板来上海拜访鲁迅先生,请求翻译鲁迅文集并在日本出版。他们最终选定了两名译者,一个是鲁迅的学生增田涉,另一个是日本诗人佐藤春夫。鲁迅说文章你们来选就是了,只是有一篇《藤野先生》一定要包含在内,我希望借这个机会,找到藤野先生。

1935年,文集在日本出版,鲁迅多次向岩波书店、增田涉和佐藤春夫打听是否有藤野先生的消息,都一无所获。

1936年10月,55岁的鲁迅先生在上海病逝,他的床头还摆着藤野的那张照片。

藤野先生

他的朋友知道他的这份遗憾，继续替他寻找藤野先生，哪怕找到藤野先生的后人也好。1936年年底，鲁迅的日本同学小林茂雄终于找到了藤野先生。原来他还活着！

藤野严九郎生于1874年，大鲁迅7岁。他家世代行医，他自己毕业于爱知县立医学校（现为名古屋大学医学部）。1903年到1915年期间，他在仙台医专任解剖学教授。

藤野先生确实如鲁迅写的那样，穿衣服马虎，专业上却极其认真。考试时分数给得严格而死板，一些学生因为解剖学成绩低于50分而留级，所以都恨藤野。

藤野虽然认真教导周树人君，3个学期给周君的成绩却分别是60、60、58。然而就连这样的分数也给周君惹了麻烦——学校里有人认为，中国学生不可能得这么高的分数，多半是藤野在周树人的笔记上给他漏了题，还拿走周树人的笔记调查了一番。此事颇为屈辱，鲁迅将此事写在了散文《藤野先生》里。

1915年，仙台医专并入东北帝国大学，那时的日本大学崇洋媚外，41岁的藤野严九郎因为没有留学经历而失业。然后他尝试去别的学校找个教授职务，都被拒绝。无奈之下，藤野去东京进修临床外科，学习行医。结业后，他进了东京一家慈善医院做医生，但很快又失业了。就在他四处找工作期间，他的妻子病逝。

也就是说，周树人在中国碰壁的时候，藤野先生在日本也处处碰壁。只是他没有周树人那样的本领。

中年多次失业又丧妻，落魄的藤野严九郎只好回了老家福井县，投奔他二哥藤野明二郎。明二郎在镇上开小诊所，收留严九郎在此行医。

藤野严九郎毕竟是在外面上过大学当过教授的，在农村老家还是有点面子的，于是得以再婚，娶了第二任妻子。新丈人出资给他开了一家耳鼻科诊所，他开始单干。

然而，第二年，藤野明二郎猝死。明二郎的孩子还小，难以支撑诊所，也就难以维持生活，严九郎便隔日去明二郎的诊所一趟，维持其生意。于是他常年在两个诊所之间两头跑，养着两家人。

藤野严九郎教书多年，脾气直而且死板，非常不擅长接待病人。好在他行医认真，两个诊所能够勉强开下去。山村居民贫穷，藤野严九郎收费很低。病人没钱的时候，他就干脆免费治疗了。虽然他的日子过得捉襟见肘，但他在当地颇受人尊重。

1919年，藤野先生45岁，妻子给他生了个儿子，取名藤野恒弥。中年得子，也算是人生慰藉。两年后妻子又生了一个儿子。

1935年，当时藤野恒弥在读高中，一天老师菅好春老先生叫恒弥过来，交给他一本书，说："这本新出的书，是中国大文学家鲁迅先生的散文集，里面有一篇写的人叫藤野严九郎，跟你父亲的名字一样。你拿回去问问你父亲是不是他。"那年，藤野先生 61 岁。

那天，恒弥交给藤野那本来自中国大文豪的文集，指给他看那一篇《藤野先生》。藤野读到 30 年前的自己，在仙台给学生上课时的样子：我就是叫作藤野严九郎的……

那篇《藤野先生》的末尾写道："他所改正的讲义，我曾经订成三厚本，收藏着的，将作为永久的纪念。不幸 7 年前迁居的时候，中途毁坏了一口书箱，失去半箱书，恰巧这讲义也遗失在内了。责成运送局去找寻，寂无回信。只有他的照相至今还挂在我北京寓居的东墙上，书桌对面。每当夜间疲倦，正想偷懒时，仰面在灯光中瞥见他黑瘦的面貌，似乎正要说出抑扬顿挫的话来，便使我忽又良心发现，而且增加勇气了，于是点上一支烟，再继续写些为'正人君子'之流所深恶痛疾的文字。"

那本文集的卷首印有鲁迅先生的照片，藤野拿放大镜慢慢看，说："真的是周君啊！"

合上书卷后，他一个人发了好一会儿呆。最后对儿子说："写的是我。但是，你不要跟别人说。"

藤野恒弥很听话，这么荣耀的事，也没跟别人说。但菅好春老师又问起他时，他也不好撒谎，便如实告诉了老师。菅老师过来拜访藤野严九郎，二人聊了好久。菅老师离开之后，再没跟别人提起此事。于是，虽然藤野严九郎的大名在中日两国被读书人津津乐道，却没人知道真正的藤野严九郎仍然在偏僻的山村勉强谋生。

1936年10月，文豪鲁迅的死讯在日本见报。根据藤野先生的侄子后来描述，当时藤野看着报纸上鲁迅的照片，把报纸举过头顶，拜了几拜。

年底，鲁迅的朋友小林茂雄找到藤野先生。藤野这才知道，鲁迅不只把他的照片挂在墙上，把他写进散文里，这些年还一直在找他，想见他一面，哪怕能见他的后人一面。藤野先生追悔莫及。然后，日本记者向藤野先生约稿，他写了一篇短文《谨忆周树人君》，发表在日本的报纸上。

在藤野先生的回忆里，32年前的周树人君是这样的：

"周君身材不高，脸圆圆的，看上去人很聪明。记得那时周君的身体就不太好，脸色不是健康的血色。"

关于认真修改周君的课堂笔记，在藤野先生的记忆里是这样的："周君学习很努力，上课时非常认真地记笔记。可是我看他听日语和说日语都不利索，想必学习很吃力。于是我讲完课后就留下来，看一遍周君的笔记，把周君漏记、错记的地方添改过来。"

至于为何对周君这样特别照顾，藤野的解释是："尽管中日甲午战争已过去多年，还有很多日本人把中国人骂为'梳辫子和尚'，说中国人的各种坏话。在仙台医专也有这么一伙人以白眼看待周君，把他当成异己。我在少年时代，曾经跟福井藩校毕业的野坂先生学习过汉文，我很尊敬中国的先贤，同时也认为要爱惜来自这个国家的人。这大概就是我让周君感到特别亲切、特别感激的缘故吧。"

可是，1935年他读了鲁迅的《藤野先生》，却没有联系鲁迅，也不让外人知道。这又是为什么呢？

他说："周君在小说里，或是对他的朋友，都把我称为恩师，如果我能早些读到他的这些作品就好了。听说周君直到逝世前都想知道我的消息，如果我能早些和周君联系，周君该会有多么欢喜啊。可是现在什么也无济于事了，真是遗憾。我退休后居住在偏僻的农村，对外面的世界不甚了解，尤其对文学是个完全不懂的门外汉。"

为什么要提自己"不懂文学"？他觉得自己以"解剖学老师"这个身份去见鲁迅，做人家文豪的师长，很不合适。

藤野先生说"偏僻"，其实心里想的是"贫穷"；说"不懂文学"，其实心里想的是"没地位"。人家是两国闻名的大文豪，又对先生怀着一颗感恩的心。而他这个先生，现在竟如此落魄潦倒。

自1907年二人离别之后，先是周树人失望于自己的状况，不肯联系藤野；后来是藤野失望于自己的状况，不肯联系周君。两厢自卑之下，这30年的跨国师生友谊，只落得照片背后两个字：惜别。

这篇《谨忆周树人君》发表于1937年3月。当年7月，卢沟桥事变爆发，日军全面侵华。

那时日军大量购买药品，日本国内药价高涨。藤野先生的两个诊所囤有不少药，便有药商来高价求购，并说这是军队前线需要的，意义重大。藤野虽然缺钱，却一点儿都不卖，只推说当地村民还需要。

药商走后，藤野把自己的两个儿子叫过来，对他们说："你们记着，中国，乃是将文化教给日本之先生。"

1945年1月，藤野先生的长子藤野恒弥病死在广岛。老年丧子，71岁的藤野先生极为悲伤，一度精神不振。但由于生活所迫，很快他又回诊所工作。几个月后的一天，藤野先生在工作中感觉疲惫，说要回去休息一下，却在路上晕倒，被人发现后抬回去。熬了一夜，第二天上午他便与世长辞。4天后，日本宣布投降。

（摘自《读者》2020年第5期）

俯首甘为孺子牛

刘诚龙

"横眉冷对千夫指,俯首甘为孺子牛。"鲁迅先生自称孺子牛,让人生问:鲁迅是公牛还是母牛?

画家陶元庆是鲁迅的老乡,精于书籍的封面设计。1924年,鲁迅先生不经意间看到一幅叫《苦闷》的画,甚是喜爱,吃了艺术的鸡蛋,还想见一见生产艺术的母鸡。于是,鲁迅就跟陶元庆见面了,两个人一见如故。

后来,鲁迅译了一部《苦闷的象征》,便请陶元庆来设计封面:一个女子黑发长长如波浪,裸露的脚趾夹着钗的柄,以嘴和舌舔着染了血的武器。这个封面与鲁迅译作的精神一脉贯通,鲁迅很是满意。此后,鲁迅常请陶元庆为自己的著作设计封面。比如小说集《彷徨》的封面,陶是这样设计的:橙红色为底色，配以黑色太阳，以几何线条勾勒3个呆坐在椅子上的人，太阳歪歪斜斜，正往西山后落——写意与写实兼具，现实与象征同框。鲁迅先生特别高兴，觉得画作"非常有力，看了使人感动"。

1925年，陶元庆在北京举办画展，其时名不彰人不来。他用红纸折红封，红封做红柬，稀稀落落请来些人捧场。鲁迅先生一请即来，二次没请也来，一天之内，两次来看画展。鲁迅都去了，其他人自然也跟着去，画展因此人气爆棚。鲁迅对陶元庆不遗余力的提携，让陶很是感动。陶元庆移居杭州后，多次赴上海，不为别的，单是来拜望恩师。

天不假年，陶元庆英年早逝。临终之时，许钦文在其身边，陶枕在许的手臂上合上双眼。许公把噩耗告诉鲁迅，鲁迅很是痛心，说："我想，既然璇卿（陶元庆字璇卿）喜欢西湖，大家的意思也主张他在西湖边留个纪念，索性就把他葬在西湖边上吧。"说着拿出钱，让许钦文为陶买块冢地。陶氏坟墓建好后，鲁迅依然挂念陶元庆，他约来许钦文，让他再在坟边种几棵柏树。

鲁迅待陶元庆很暖心，对许钦文也挺热情。许当"北漂族"，衣食不周，常常不能举火。1923年8月25日晚，孙伏园带许去砖塔胡同61号拜访鲁迅先生。从此，许公没识韩荆州，却结识了树人周。鲁迅先生与许关系相当密切，在鲁迅的日记和书信集中，许钦文的名字出现过260来次。许钦文的第

刘春杰图

一本短篇小说集《故乡》被列入鲁迅先生主编的《乌合丛书》，这是鲁迅先生用《呐喊》的版税出版的。一个名家，将你的文章列入其丛书，已是情义深似海，谁还能给你缴出版费呢？

许钦文"北漂"那会儿，真是饥寒交迫。1924年5月，许钦文饥肠辘辘，依然去旁听鲁迅先生在北大的课。下课后，鲁迅说他请客，约许去中央公园今雨轩喝茶。鲁迅先生叫了满满一笼包子，他只吃了一个，然后推到许钦文面前："这些就由你包办吃完吧。"所有的鸡汤文，或都抵不上这笼热包子。

若说，以金钱搞慈善，不出奇，很多富贾也常为之，但富贾愿意把时间给你吗？

敬慕名家，便思名家提携。男文青与女文青只想自己的文章能早日发表，常常一封信，把书稿寄去鲁迅家。鲁迅看啊，审啊，读啊，大半夜时间都耗在这上面；增增删删，添添减减，既改错别字，又提炼主题。你跟所谓名家打过交道吧？名家的屁股有多冷，你就能感到鲁迅的老手有多暖。鲁迅夫人许广平说："他每星期的光阴，用在写回信上大约有两天。"鲁迅给你两天，比富豪给你两万，来得贵重百倍吧。

萧军与萧红，是最能感受这一点的。文字中的鲁迅那么冷，生活中的鲁迅那么热。生活中的鲁迅是一种什么样的热？萧红有一回低头思温暖，举头问鲁迅："您对我们的爱，是父性的，还是母性的？"鲁迅先生怔了一晌，很认真地回道："是母性的。"

　　"横眉冷对千夫指，俯首甘为孺子牛。"鲁迅是什么牛？面对千夫指，鲁迅是一头公牛，他勇猛好斗，头上长角，直刺公敌，一刺一个准，刺得对手鲜血淋漓；面对千百众，尤其是需要帮助的青年，鲁迅是一头母牛，吃的是草，挤出来的是奶。

（摘自《读者》2020年第12期）

斜杠先生鲁迅

大作 BIGBIGWORK

你对鲁迅先生有何印象？是从他经典黑白影像中提取的视觉元素——须发直立、横眉冷对，还是从中学时代便在心中扬起的诸如"文学家""思想家""先驱"等符号、标签？

从《三味书屋》中被少年们模仿的"早"字课桌文化，到默念熟读、谨记于心的名言警句，先生蜚声世界文坛，被誉为"20世纪东亚文化地图上占最大领土的作家"。

可你不知道的是，鲁迅除了笔杆子厉害，审美品位和设计能力同样出色。

他与民国时期的美术家、书籍装帧艺术家陶元庆的设计合作，开启了中国近现代平面设计尤其是书籍装帧设计最重要的5年。

北大校徽设计者

"十年寒窗，清华北大"，这两所名校作为莘莘学子心中神往的"象牙塔"，妇孺皆知。但是绝大部分人都不知道，北京大学校徽的设计者是鲁迅先生。

1916年，蔡元培出任北京大学的校长，因与鲁迅先生私交甚好，便邀请他为北大设计校徽。鲁迅先生于1917年8月将校徽设计完成，其设计灵感来自中国传统建筑的重要部件——瓦当。

图案主体以篆体的"北大"二字构成一个圆形，巧妙的是下面的"大"字像一个人，上面的"北"字又像两个人，构成了"三人成众"的意象，给人以"北大人肩负着开启民智的重任"的想象。

"北大"二字还有"脊梁"的象征意义，鲁迅借此希望北大毕业生成为国家民主与进步的脊梁。

中华民国国徽设计者

民国初年，鲁迅在北洋政府教育部当科长，应政府要求设计中华民国国徽。可以想象，得是什么样的公认水准，才会得到这样的重要任务。

十二章国徽外形非常紧凑，应是参考了西方国徽、章纹的布局。西方章纹自问世起便以盾牌为居中的核心图案，其他部件皆附属之；"黼"可看作是盾的变体。

十二章，又称"十二章纹"，是古代贵族礼服上的12种纹饰，分别为日、月、星辰、山、龙、华虫、宗彝、藻、火、粉米、黼、黻。十二章纹的起源可追溯到史前时期，到了周代正式确立，成为历代帝王的服章制度。

服饰图案与自然界的日月星辰、山水花鸟、原始图腾等紧密联系在一起，体现了中华民族特殊的"天人合一"的文化观念和美学思想。

书籍装帧设计能手

谈到书籍的装帧设计，更是佩服鲁迅。他一生设计了60多个书籍封面，个个典雅蕴藉，同时极具时代感。

作为作家中最早关注书刊设计的人，他的著作中有大量关于书刊设计的论述，他亲自对自己和别人的书刊进行设计。因此，在中华人民共和国成立后所出版的现代书刊装帧史论中，他一直被摆在先行者的行列当中。

作为一位作家，他在设计领域的探索不仅值得我们崇敬，更重要的是，他开辟了中国现代书籍装帧设计的新路。

在他一生设计的书刊封面中，有的书名由他亲自题写，有的请别人题写或绘制封面，再自己设计大小、位置和颜色，也有些翻译书籍则采用已有插图来设计封面。

鲁迅的书刊设计带有典型的文人特点：一是朴素，他的很多

刘春杰图

书都是"素封面",除了书名和作者题签,不着一墨;二是古雅,他爱引用汉代石刻图案作封面装饰;三是喜用毛边装,保留书边不切,觉得"光边书像没有头发的人";四是在版式上喜欢留出很宽的天头地脚,让读者可以写上评注或心得,以尝读书之乐;最后是对细节斤斤计较,无不认真考究,直至满意。

1936年1月20日,《海燕》第一期面世,封面上红色的鲁迅手迹"海燕"二字特别显眼。这一期极受读者青睐,当日即告售罄,鲁迅尤为兴奋,在日记中专门记载此事。

而《小彼得》是一本童话集,因此,鲁迅将封面"小彼得"3个字写得童趣满满。

版画收藏第一人

不仅如此,鲁迅还是版画界的收藏第一人,对中国版画界至关重要。他一生收集版画2100多幅,来自16个国家的300多位版画家。

鲁迅,是中国现代书刊设计史最应铭记的名字。在他的直接影响下,陶元庆、孙福熙、司徒乔、钱君匋等人开始致力于书刊设计,成为中国第一代书刊设计师。

不止于文字,先生的这一面同样精彩至极。

(摘自《读者》2020年第23期)

鲁迅的牙齿

李丹崖

提及鲁迅,很多人第一时间想到的就是他炯炯有神的双眼、倔强的板寸、浓密的胡须,还有他以笔为刃写出来的文字。鲁迅善于说真话,见到不平事也喜欢用文字直抒胸臆,很多人都觉得他是个铁齿铜牙之人。没错,在文学和文化界,鲁迅的确是铁齿铜牙,可在现实生活中,他本人的牙齿并不怎么好。

因为遗传,鲁迅继承了父亲周伯宜的牙齿病,这造成他牙齿的"先天不足"。他自己也曾说过:"我从小就是'牙痛党'之一。听说牙齿性质的好坏,也有遗传的,那么,这就是我父亲赏给我的一份遗产,因为他牙齿也很坏。"

如果单纯是遗传,也没有什么。后天的变故,也让鲁迅的

刘春杰图

牙齿接二连三地"蒙难"。

  1922年,鲁迅参加了祭孔典礼之后,坐黄包车回去,在路上发生车祸,整个人飞了出去。当时他手插在兜里,来不及采取应急措施,不幸脸着地了,摔掉了两颗门牙。鲁迅说:"我手在袋里,来不及抵按,结果便只好和地母接吻,以门牙为牺牲了。"

  鲁迅摔掉门牙之后,吃东西自然十分不方便。这两颗门牙到第二年才补上,当然,用的是义齿。

1930年3月24日，因为牙齿疼痛难耐，鲁迅找到自己的医生好友，拔掉了病坏的牙齿。这一点，在《鲁迅日记》中有记载："下牙肿痛，因请高桥医生将所余之牙全行拔去，共五枚，豫付泉（钱）五十。"

自此之后，鲁迅就靠义齿过活了。牙不好，吃起东西来自然是不香甜的，所以鲁迅晚年瘦骨嶙峋，与牙齿不好也有很大的关系。

鲁迅的骨头很硬，但硬汉也有其柔弱的一面，这种柔弱不仅体现在他对待朋友春风般的温情，还体现在他牙齿的脆弱上。牙齿的病痛常常让他夜不能寐，据资料记载，他曾多次做刮齿，就是去除牙结石的一种小手术，也就是现在的洗牙。

不好的生活习惯也为鲁迅的牙齿问题埋下了祸根。鲁迅常常写文章到深夜，熬夜伤身体，加之他有午夜吃甜点的习惯，这对牙齿非常不好。比如，他喜欢吃蜜糖浆做成的萨其马，还有在《弄堂生意古今谈》中，他提到的一种糕点：玫瑰白糖伦教糕。甜食对牙齿的危害不言而喻。

牙齿问题并没有让鲁迅的精神劲头有所衰减，也没有让他以文字为投枪和匕首的斗志有丝毫减损。

在电影《黄金时代》中，鲁迅先生躺在昏黄的光线里，对萧红说了这样一段话："我三十岁不到，牙齿就掉光了，满口义齿。我戒酒，吃鱼肝油，以望延长我的生命，倒不尽是为了我的爱人，大半是为了我的敌人。我自己知道的，我并不大度。"

是的，正因为鲁迅的心中装着一腔与敌人对抗的熊熊烈火，他才丝毫不把牙齿的病痛放在眼里。没有牙齿的嘴巴并不干瘪，齿是空寒的，唇却是暖的，心更是炙热的。所以，他的文字犹如岩浆，流淌之处，皆熔铸成丰碑。

（摘自《读者》2021年第6期）

伟大的细小之处

余 华

鲁迅的《孔乙己》是伟大的短篇小说。小说的开头就不同凡响。鲁迅写鲁镇酒店的格局,穿长衫的是在隔壁一个房间里坐着喝酒的。因为在那个时代,穿长衫的都是有社会地位的,穿短衣服的都是打工的,所以站在柜台前面喝酒的都是穿短衣服的。孔乙己是唯一穿着长衫站在柜台前面喝酒的人。开头这么一段,鲁迅就把孔乙己的生活境况、社会地位表现得很清晰了。

这篇小说以一个在酒店当学徒的孩子的角度来叙述孔乙己。他看到孔乙己一次次来酒店喝酒,最后一次来的时候,腿被打断了。孔乙己的腿健全的时候,对一个作家来说,可以不去写他是怎么来到酒店的。肯定是走来的,这个很容易,读者自己可以去想象。但是最后一次来的时候,他的腿已经断了。作为一个负责任的作家,鲁迅必须要写他是怎么来的,不能不写。

鲁迅是这样写的,下午的时候,突然从柜台外面飘来一个声音,要一碗黄酒。因为柜台很高,孔乙己是坐在地上的,所以孩子要"站起来向外一望"。酒店的老板跟他说,你还欠着以前喝酒的钱呢。孔乙己当时很羞愧,说这次是拿着现钱过来的。这个时候,鲁迅写了他是怎么来的。那个孩子温了酒,端出去以后,看到孔乙己张开的手掌,手上放了几枚铜钱,满手都是泥。鲁迅用了一句话:"原来他便用这手走来的。"后来孔乙己自然又是用那一双手"走"回去的。

文学作品的伟大之处,往往从这种地方显示出来。在一些最关键的地方,在一些细小的地方,你看到一个作家的处理,就能够知道这个作家是多么优秀。而另外一些作家,可能会用另外的一种处理方式。

(摘自《读者》2021年第13期)

鲁迅日记中的天气

孟祥海

鲁迅日记每则一般不超过100字,最长不超过150字,内容最短的只有"无事"两个字,真可谓惜字如金。然而,他对天气情况的记录却极其详细,这也成了鲁迅日记中相当有趣的部分。

首先,鲁迅记录天气的字词丰富。一般的天气用语,不外乎"风、云、雨、雪、晴、阴",而鲁迅日记中却有一般人很少用的字,如"昙""霰""霁""晦""霾",还有更生僻的字,如"丶""燠"……这不仅显示了鲁迅渊博的学识,也反映出他对生活观察感悟之细致。

其次,鲁迅非常详细地记录天气变化以及由此带来的身体感受,他在日记中会用"冷""燠""大热"等字词。1912年

刘春杰图

10月5日,"雨,冷,午后雨止而风,益冷",不仅表明了天气变化,更写了自己对大自然冷暖变化的感受。

再次,鲁迅日记中有许多对极端天气的记载。比如沙尘暴、霾、暴雨、梅雨、台风。如鲁迅刚到厦门不久,就遇到台风,他在1926年9月10日的日记中写道:"下午风,雨……夜大雨,破窗发屋,盖飓风也。"鲁迅这些有关极端天气的记录,为后人了解民国时期的气象提供了第一手资料。

透过天气还可窥见鲁迅当日的心情。比如,1912年5月5

日鲁迅的一篇日记:"途中弥望黄土,间有草木,无可观览。"这是写他乘火车从天津到北京途中所见,一派萧条悲凉,也显出他此次北上的心情。1913年1月15日,"晨,微雪如絮缀寒柯上,视之极美"。那是鲁迅第一次看到北方的雪,欣喜之情溢于言表。鲁迅对月色也是情有独钟的。如1917年中秋节,鲁迅在日记中写道:"烹鹜沽酒作夕餐,玄同饭后去。月色极佳。"简短的话语,表露出鲁迅内心的愉悦。

　　鲁迅日记中的天气记录,颇具美学意味,让人透过天气的冷暖变化,体会到鲁迅对人间冷暖的深刻感悟。

(摘自《读者》2023年第11期)

天真烂漫是吾师

刘小川

三味书屋、寿镜吾先生……鲁迅 12 岁,离开朝夕玩耍的百草园,进了绍兴颇具名望的三味书屋。先说书屋的布局。书屋有一副对联:"至乐无声惟孝悌,太羹有味是诗书。"南墙的圆洞后有一间屋,悬小匾"谈余小憩";北面两间屋,有"仿佛陶庐"。后园一个亭子挂着匾额"自怡",亭前花木颇壮观,有两棵百年桂花树。蜡梅北向,大天竹果实累累。

寿镜吾先生是绍兴城的名师,总是穿一件破旧的大衫,"家人给他做了一件皮袍子,他一直舍不得穿……他不抽烟,只喜欢到谢德兴酒店吃点儿酒,算是人生的一大陶醉。吃酒时,总得走进店里,不让学生看见"。

三味书屋的环境十分讲究,而寿镜吾先生吃穿朴素,教孩子身教是第一位的。师道尊严，质朴为先，惜物为先，知耻为先。他吃酒要避开学生。他从不滥收学生，不问学生的家庭背景，践行有教无类。

小鲁迅是捣蛋鬼，老师罚他喝凉水，还要打他嘴。"他太调皮了，居然跑到庙会里去扮小鬼，油彩没抹干净，就跑回书房里来。"他在课堂上举手提问："先生，'怪哉'这虫，是怎么一回事？"博学的寿镜吾先生一时蒙了，学生们大乐。

老师出对课题："独角兽。"小鲁迅怂恿同学答："四眼狗。"老师猝不及防，一连串的对子顿时冒出来：二头蛇、三脚蟾、八脚虫……

桂花树是可以爬的，蜡梅花是可以摘的，墙洞是可以来回钻的，秋千是天天荡的。12岁的小鲁迅制作了一款书签，写了一行小字："读书三到：心到、眼到、口到。"他调皮捣蛋的一个原因，是他成绩好，有调皮的本钱。

老先生又出对课题了："月中桂。"学生对"风前柳"，对"雪里梅"。小鲁迅脱口而出："星里麻。"老师听不明白，慢慢摘下了大眼镜。小鲁迅解释："星里有牛郎织女，织女星不正是织麻的吗？"

少年，正是奇思妙想喷涌之时。寿镜吾先生不打压，除非学生恶搞、装怪。孩子们自由的思绪就像原野上不羁的风，创造性的才华在孕育。如果小鲁迅不能天真烂漫，不会调皮捣蛋，那么，他后来的运思、运笔，不可能那么凝练而灵动。

苏东坡尝言："天真烂漫是吾师。"当下的一大难题是：如何

李晨图

保护小孩子的天真烂漫？

从5岁到13岁，从百草园到三味书屋，从绍兴古城到外婆的安桥头，小鲁迅的生活惬意而又活泼，灵动而又安静。他的脾气也不小，比如一脚踩烂了弟弟的风筝。同学叫他的外号"雨伞"，他要捏拳头，怒目而视，扔了书包打架。邻居小子八斤欺负他，他奋起反抗，包括用画笔来反抗。这些都构成了未来那一位"横眉冷对"的反抗者的雏形。

百草园并不大，三味书屋的园子也不大，但是，"大"是什么意思呢？多大是大？

古人云："一微尘内斗英雄。"古人发现了无限小。小孩子的眼中，大抵只有心理半径。物理半径只是心理半径的伴生现象。福克纳在一块"邮票般大"的地方写出了《喧哗与骚动》；卡夫卡去过的城市甚少；鲁迅先生只在日本待了几年；曹雪芹只拥有双城记忆：金陵、北京；苏轼一生，"半中国"而已。

巴掌大的春水池塘，他钓过鱼，捉过鳖，玩过黑泥，追过翠鸟，扎过水葫芦船，摘过鸡头米，看过初荷、圆荷、残荷，听过蝉声如雨，见过白雨跳珠，闻过袅袅炊烟，惊叹过燃烧的晚霞、浩瀚的星空，吃过莲子，当过调皮鬼，砸过核桃皮，撬过地拱子……

玩过无数次的池塘，有了永久性的情感记忆。而且，这些记忆会发散开去。

（摘自《读者》2023年第14期）

鲁迅的一次宴请

崔鹤同

1934年12月19日午后,鲁迅和许广平已在梁园豫菜馆定好了菜单。晚上,他们要在这里请客吃饭。请谁呢?

原来,萧红、萧军已于11月1日从青岛启程前往上海了。与其说是启程,不如说是躲避。为了躲避特务的追逐,他们只能抛弃暂时的居所,混进一艘客轮,匆匆逃往上海。在此之前,萧红给鲁迅写信,请求得到帮助,并将写好的两部长篇小说事先用挂号信邮寄给鲁迅。在信中,萧红还说,因为生活原因,需向鲁迅借20元钱。

鲁迅要请的人正是萧红、萧军,同时又邀请了茅盾、叶紫和聂绀弩等作家。鲁迅怕萧红他们初来乍到找不到地址,又在头一天的邀请函里特别叮咛:"梁园地址,是广西路三三二号。

李小光图

广西路是二马路与三马路之间的一条横街,若从二马路弯进去,比较近。"足见鲁迅对这两名青年文学爱好者有多么重视和爱护。

鲁迅的用意很明显,他要借这次宴请,把萧红、萧军推介出去,让他们走出困境,有所作为,见识这些"可以随便谈天"的人。这是萧红文学创作之路上的一个重要起点和生活的转折点。这次宴请过后不久,萧红请鲁迅作序的《生死场》即在《国际协报》的文艺周刊上连载。1935年,《生死场》收入"奴隶丛书",由上海容光书局出版,署名"萧红"。萧军的《八月的乡村》也于1935年8月由上海容光书局出版发行。年仅24岁的萧红一炮而红,步入文坛,并以此奠定了她日后在中国近现代文学史上的地位。

受到鲁迅的宴请,萧红的心情久久难以平静。其实,在宴请之前,他们已经和鲁迅在内山书店见过一面。宴会上,萧红谈了他们的遭遇和两部长篇小说的情况。临别时,鲁迅掏出早已准备好的20元钱,放在萧红的手里。看着眼前这位瘦小病弱、冒着严寒亲自张罗的老人,萧红热泪盈眶。

许广平后来回忆说:"流亡到来的两颗倔强的心,生疏,落寞,用作欢迎。热情,希望,换不来宿食。这境遇,如果延长得过久,是可怕的,必然会销蚀了他们的。因此,为了给他们介绍可以接谈的朋友,在鲁迅先生邀请的一个宴会里,我们又相见了。"这次宴会,原本以庆祝胡风儿子满月为名,但胡风一家并没有前来参加。

　　毋庸置疑,鲁迅是萧红、萧军"南漂"上海的贵人。从此以后,萧红成了鲁迅家中的常客,二人成为志同道合、亦师亦友的忘年交。

(摘自《读者》2023年第16期)

鲁迅的动物世界

李木生

鲁迅有一个动物世界,热闹天真又深刻别致,至今流动着鲜活的鲁迅动物伦理。他的动物世界就是一面镜子,不仅照见一个更为真实也更为可爱的自己,同时折射出那时的中国。

蛇的真相

蛇,在鲁迅的动物世界里,是一个复杂的存在,乍看是爱恨交加,其实是在不同语境中的不同呈现,内质却是统一的。

在《我的失恋》这首拟古的新打油诗中,作者用4种信物回赠自己追求的爱人:猫头鹰、冰糖壶卢、发汗药与赤练蛇——

"……爱人赠我玫瑰花;回她什么:赤练蛇。从此翻脸不理我,不知何故兮——由她去罢。"

虽是"打油"的、讽刺的,"是看见当时'阿呀阿唷,我要死了'之类的失恋诗盛行,故意作一首用'由她去罢'收场的东西,开开玩笑的"(《三闲集·我和〈语丝〉的始终》),但这4种事物是鲁迅所喜欢或者日常必备的。赤练蛇当然也是他的所爱,不然他不会赠送给自己的爱人。

这条赤练蛇,有美的意味。早在他的百草园里就出现过:"长的草里是不去的,因为相传这园里有一条很大的赤练蛇。"更早的时候,赤练蛇便出现在小说《补天》中,以此比喻女娲挥舞的紫藤。

《我的失恋》,鲁迅写于1924年10月3日,两年多后的1927年1月11日,鲁迅在给许广平的信中,又提到蛇,当然是直抒对于蛇的爱:"我就爱枭蛇鬼怪,我要给他践踏我的特权。我对于名誉,地位,什么都不要,我只要枭蛇鬼怪够了。"

鲁迅属蛇,曾有笔名"它音"。对此,许广平有过明确的解释:"它,《玉篇》,古文佗,蛇也。先生肖蛇,故名。"鲁迅从八道湾搬去砖塔胡同暂居,与俞氏小姐妹相处了10个月,并在此留下了一个充满童趣的外号——"野蛇"。其实,"野蛇"的获得,得益于他的调皮,是他先以属相分别称她们俩为"野猪""野牛",遭到"反击",才有了"野蛇"的回赠。

仇　猫

在作品《兔和猫》与《狗·猫·鼠》里，猫是主角，而且鲁迅并不讳言他对猫的厌恶与他的"仇猫"情绪。那时的"正人君子"、学者名流之类与鲁迅论战正酣，其"仇猫"便成为罪状之一。

比如陈西滢说："看哪！狗不是仇猫的吗？鲁迅先生却自己承认是仇猫的，而他还说要打'落水狗'！"直接将鲁迅用狡辩的逻辑推理成"狗"。鲁迅才不依他们的照葫芦画瓢，径直说出自己仇猫的缘由来，而且觉得"理由充足，而且光明正大"：一、"它的性情就和别的猛兽不同，凡捕食雀鼠，总不肯一口咬死，定要尽情玩弄，放走，又捉住，捉住，又放走，直待自己玩厌了，这才吃下去，颇与人们的幸灾乐祸、慢慢地折磨弱者的坏脾气相同"；二、"它不是和狮虎同族的么？可是有这么一副媚态"；三、"配合时候的嗥叫，手续竟有这么繁重，闹得别人心烦，尤其是夜间要看书，睡觉的时候"；四、"只因为它吃老鼠——吃了我饲养着的可爱的小小的隐鼠""到了北京，还因为它伤害了兔的儿女们"。

在这里，鲁迅将猫与人共论，他亲见了青年们抛洒的鲜血与被虐杀的生命。虽然写的是动物，却又是在写压迫者与压迫者的帮凶。

一只中国的猫头鹰

人民文学出版社出版过一套丛书——"猫头鹰学术文丛",其封底有这样的介绍:"在希腊神话中,猫头鹰是智慧女神雅典娜的原型;在黑格尔的词典里,它是哲学的别名;而在鲁迅的生命世界中,它更是人格意志的象征。鲁迅一生都在寻找中国的猫头鹰。他虽不擅丹青,却描画过猫头鹰的图案。我们选取其中的一幅,作为丛书的标志。"

猫头鹰曾是鲁迅的自画像,也是他精神与意志的象征。早在1909年,在浙江两级师范学堂任教时,鲁迅就曾在一本书上手绘一只铁线描的猫头鹰,两个站立的男女组成全图,以男女二人的脸作为猫头鹰的两只眼睛,似乎既在观察又在解释这个世界。到了1927年,鲁迅为自己的杂文集《坟》设计的封面上,有一只自己绘制的猫头鹰,刀刻般醒目。它站在封面图案的右上方,一只眼睛睁得大大的,瞪着这个充满罪恶与苦难的人间;另一只眼睛则微微地虚闭着,对各式的敌人透露出强悍的不屑与轻蔑。

鲁迅有一篇名为《夜颂》的文字,是他之所以热爱猫头鹰最好的注解。猫头鹰,正好有"听夜的耳朵和看夜的眼睛,自在暗中,看一切暗"。作为"中国的猫头鹰"的鲁迅,当然也要在这"光天化日"的黑暗里,看见与揭露、批判与书写,"惯于长夜过春时""怒向刀丛觅小诗"。于是,中国便有了一只全天候都在大睁着警惕眼睛的猫头鹰，一只中国的猫头鹰。猫头鹰及它的延伸，曾被鲁迅用作各种笔名：隼、翁隼、旅隼、令飞、迅行等。鲁迅说，"迅即卂，卂实即隼之简笔"；许广平也曾说，"隼性急疾，则为先生自喻之意"。

白　象

在鲁迅的动物世界中，亦有温馨与柔情。

那只"小白象"到来的时候，已经是1929年的5月14日，即鲁迅49岁时。鲁迅去北京探母，许广平在表达思念的信的抬头便用了"象"的缩写字母"EL"（Elephant）。这个"象"字来源于林语堂的《鲁迅》一文。

文中说鲁迅在厦门大学"实在是一只（令人担忧的）白象，与其说是一种敬礼，毋宁说是一种累物"。此文说鲁迅是"现代中国最深刻的批评家""少年中国之最风行的作者"，而"白象"，当然是说鲁迅的珍贵与稀有，也即许广平的"难能可贵"。白象，是深得鲁迅认可的，稀有倒在其次，主要是其可爱，不然他不会在回信的时候，在落款处再手绘两只长鼻之象，且一只长鼻高昂，一只头颈谦垂。不仅如此，他还在5月15日的回信中，直接以"害马"（HM）称呼爱人许广平。

在《柔石日记》中，有关于鲁迅和象的记述："鲁迅先生说，人应该学一只象。第一，皮要厚，流点血，刺激一下了，也不要紧。第二，我们强韧地慢慢地走去。"等到他们的孩子

视觉中国

海婴出生,那个一身通红的婴儿便成了鲁迅的"小红象"。正是这个"怜子如何不丈夫"的"中国白象",创作了哄睡儿子的摇篮曲:

  小红,小象,小红象,
  小象,红红,小象红;
  小象,小红,小红象,
  小红,小象,小红红。

(摘自《读者》2023年第19期)